MARIA DOS CANOS SERRADOS

Edição apoiada pela Direção-Geral do Livro,
dos Arquivos e das Bibliotecas / Portugal

# RICARDO ADOLFO

# ARIA DOS
# ERRADOS

Porto Alegre · São Paulo
2018

Copyright © Ricardo Adolfo
Publicado primeiro em Portugal pela Editora Objectiva, 2013.
O autor é representado pela Bookoffice (http://bookoffice.booktailors.com/).

Conselho editorial Gustavo Faraon e Rodrigo Rosp
Preparação e revisão Rodrigo Rosp
Capa e diagramação Samir Machado de Machado
Foto do autor Akiko Isobe

Dados Internacionais de Catalogação na Publicação (CIP)

A239M    Adolfo, Ricardo.
        Maria dos Canos Serrados / Ricardo Adolfo.
        — Porto Alegre : Dublinense, 2018.
        224 p. ; 19 cm.

        ISBN: 978-85-8318-101-9

        1. Literatura Portuguesa. 2. Romances Portugueses.
    I. Título.

                                    CDD 869.39

Catalogação na fonte: Ginamara de Oliveira Lima (CRB 10/1204)

Todos os direitos desta edição
reservados à Editora Dublinense Ltda.

| Editorial | Comercial |
|---|---|
| Av. Augusto Meyer, 163 sala 605 | (11) 4329-2676 |
| Auxiliadora — Porto Alegre — RS | (51) 3024-0787 |
| contato@dublinense.com.br | comercial@dublinense.com.br |

*I'm going in for the kill*
*I'm doing it for a thrill*
*Oh I'm hoping you'll understand*
*And not let go of my hand*
La Roux

VELHINHO,
Estamos fodidas. Estamos muito fodidas. Estamos fodidas como o caralho.
Há uma série de coisas que são um problema:

1. A tua pessoa;
2. A tua pessoa nunca estar cá;
3. Não termos sexo porque a tua pessoa nunca está cá;
4. Não termos orgasmos porque não temos sexo porque a tua pessoa nunca está cá;
5. Andarmos totalmente putas da vida porque não temos orgasmos porque não temos sexo porque a tua pessoa nunca está cá;
6. Não falarmos porque não temos as nossas conversas depois dos orgasmos que não temos porque não temos sexo porque a tua pessoa nunca está cá.

Por mais que tentemos, não conseguimos perceber porque é que continuas em Armação a fazer turistas por vinte e cinco euros, em vez de estares aqui a cumprir o teu dever com a cabeça entalada no meio das nossas pernas.

Vamos abrir outra garrafa e cheirar o que ainda aí houver, para clarear as ideias. Esperamos que não tenhas tomado tudo, como fazes sempre. E essa é a outra coisa que nos deixa ainda mais fodidas. Nós às vezes também fumamos os restos do chocolate ou damos o último tirinho. Mas sentimo-nos mal. Sabemos que não o devíamos fazer. Tu não. Tu nem pensas nisso. Quando vês uma carreirinha de sobra, se for preciso até vais para a cozinha só para não teres de a dividir, como aconteceu no mês passado.

   qué que tás a fazer?
   tava a cheirar o restinho
   vieste cheirar e não me chamaste?
   era o meu resto
   e não podias dividir?
   já tínhamos dividido, tu ficaste com quase tudo e sobrou meia linha pra mim
   metade dessa meia dava na boa pra mim
   tu fizeste as outras três cavia
   isso foi antes
   era só um tirinho, nem deu pra nada
   deu pra ti, podia ter dado pra mim
   mas tu já tinhas dado, dama
   tu não me dames
   amanhã há mais, prometo, era só uma miséria
   é bom caja, pobre
   não me chames pobre
   preto
   mulato, se fosse preto matava-me.

VELHITO,
Não sabemos o que é que estava perdido na caixa dos smarties. Não sabemos também como é que fomos do chão da sala para o chuveiro, do chuveiro para o autocarro e do autocarro para esta secretária de onde te tentamos escrever num monitor que não consegue parar quieto e focado.
Valha-nos que estamos com pouco que fazer, sem termos feito esforço algum para isso. Há muito que os fornecedores deixaram de entregar, a não ser que seja a pronto pagamento. O último a enviar uma remessa à confiança arrependeu-se. Passou a ter o número bloqueado por ordens da doutora, que é para aprender que escusa de enviar facturas. Só está a aumentar os seus próprios pagamentos de IVA. Aqui as facturas não são para se pagar nem para se ir pagando. São uma desculpa para manter a contabilidade entretida a fazer montinhos de papel. Ignorar, esquecer, esquecida. Nem as dezenas de caixas que ainda temos em stock conseguem fazer-se à vida. A última carrinha da distribuidora que estacionou no parque vinha cheia de advogados em vez de trolhas das cargas e descargas.
Milhares de cartões pré-pagos com milhões de minutos aguardam o dia em que alguém os compre, raspe e telefone à família a sul do equador a dizer que está tudo bem e que o barulho de fundo é de

uns amigos a festejar, enquanto viram as costas aos companheiros da cela sobrelotada.

Horas, semanas, anos de tempo à espera que o prazo caduque.

Ainda não percebemos como é que uma empresa que não compra, não produz e não vende consegue fazer aparecer no balanço os números que, pelo punho da dona chefe da contabilidade e da doutora, deveriam transformar-se nos cheques que não nos são entregues há alguns meses.

O olho da rua fixa-nos. Sabe que o nosso rabo será dele muito em breve. E como o único sector que está a expandir é o do gardanho, sentimo-nos cada vez mais próximas do roubo à mão armada. É a evolução natural. Caminhamos para uma vida mais honesta. Uma coisa prometemos, só vamos limpar gajos. Como fazem sempre muito mais do que nós todas juntas, está na altura de a diferença ser cobrada, para sermos iguais na nossa miséria.

QUERIDO VELHINHO,

Desculpa a interrupção. Fomos apanhadas pelo falso alarme de incêndio. Tivemos de sair a correr e, como já estávamos na rua, aproveitámos para continuar a andar até ao autocarro que nos trouxe à cama com que sonhámos durante os últimos quatrocentos e oitenta minutos de trabalho obrigatórios por contrato.

De volta à vaca fria – e não estamos a falar da tua mãe –, deve ter sido das castas do Pingo Doce, que ainda mexem e muito, e hoje de manhã estava tudo muito mais turvo, o que não deixa de ser outra forma de se chegar a uma conclusão. O que sobressai é o mais importante. Nós precisamos de pouco, mas não dares o corpo durante semanas a fio e privares-nos dos nossos orgasmos não está para discussão. Para nos foderes por completo decidiste que não podias deixar de trabalhar durante uma noite para vires festejar o nosso aniversário. Foi pior do que se tivesses ido vestido de palhaço ao funeral do teu pai. Vinte e nove é uma idade difícil. Está quase ali nos trinta, e depois dos trinta está tudo perdido. Precisávamos de ti debaixo de nós, não a enviar-nos mensagens a dizer que estavas muito ocupado a molestar outras cabras.

Ontem, depois de te termos telefonado a enxovalhar, enviaste-nos uma mensagem com uma foto tua e do teu amiguinho com dois gelados enormes a dizer que é isto que nós vamos perder. Que merda é esta? Achas que para nós não é difícil? Ou estavas só a tentar fazer-nos sentir pior ainda? Já para não dizer que é uma foto um bocado veada. Dois criminosos cicatrizados a posar de sorrisinho nas ventinhas ao lado de dois gelados? O detalhe do chantilly bastava para levares um enxerto de porrada na tua rua. Sim, vocês são criminosos, por mais que não gostes de o ouvir. Quem ganha a vida a fazer porquinhas a vinte e cinco euros é puta. E como ser puta é crime, és um criminoso. Escusas de vir cá com conversas de gigolô, que isso só manda bala nos filmes.

Não percebemos qual foi a ideia. Tu sabes que te adoramos e gelados, então, mais ainda. E sabes também o quanto nós detestamos esse filho de uma vaca louca. Tínhamos um acordo. Tu não mencionavas a peçonha e nós não ficávamos putas com o facto de tu viveres com um estafermo que gostava de ser muito mais do que teu meio-irmão. Não acreditares nisto não faz com que deixe de ser verdade. E o nosso pacto baseado na dupla negação andava a servir-nos a todos muito bem, até ontem.

Chega. Finito. Over. The end. Cão. Fica lá com os teus gelados e com o teu amiguinho. Ficam bem juntinhos. Veados.

MORZINHO VELHINHO,
 Desculpa, tivemos de ir vomitar. Onde é que íamos? Ah, sim, é verdade, vai-te foder.

VEADINHO,

A garrafa de vinho que restava era muito pior do que lixívia fora de prazo. Fizemos o caminho para o trabalho a exprimir os nossos conteúdos para dentro de um saco do Minipreço. As curvas depois do IC só podem ter sido desenhadas por um cego, bêbado e coxo.

A doutora não nos honra com a sua presença há duas semanas. Esta semana nem telefonou a avisar. A gente pequena que anda por aí a fugir ao subsídio de desemprego anda desgovernada.

Chegámos com tolerância zero para levar com eles. Mas eles são tão autistas que nem uma ressaca bíblica nos deixam velar em paz. Assim que nos viram esconder dentro do cubículo, enviaram a dona mais júnior da contabilidade para nos interrogar, como se fôssemos uma talibã de férias em Cuba.

a sôtora?

não tá

e quandé que vai tar?

tanto pode ser mais logo como amanhã

não sabe a que horas?

tanto pode ser a uma hora como a outra

é queu tinha uma coisa pra lhe falar

é urgente?

é, sim

vai ter de esperar
tou-lha dizer qué um problema, um problema muito grande e muito urgente
issé impossível
impossível porquê?
porque os grandes problemas desta empresa só a sôtora é que lida com eles
tá a dizer o quê?
cos seus problemas não são tão grandes como você acha que são
e quem é que disse isso?
a sôtora, que me deu ordens directas pra não lhe telefonar ou enviar emails por causa de problemas menores
sisto não for resolvido, nem você lhe vai poder telefonar nem enviar emails por causa de problemas menores ou maiores
porquê?
as últimas seis facturas tão por pagar, eles dizem que vão cortar
e ficamos sem net tamém?
tamos com sorte dainda termos luz e água
eu falo coela
quando?
antes que cortem tudo.

AMOR VELHO,
Ainda bem que telefonaste. Foi só um mal-entendido, é verdade. Gostámos tanto de ouvir a tua voz que nos esquecemos de tudo o resto. Vires cá para a semana é tudo o que queremos. Estamos ansiosas por te molestar. Vais daqui mirradinho como o Velhinho que não és.

Continuamos um pouco confusas. Mas somos nós que somos mesmo assim. Não és tu. Tu és fantástico e lindo e maravilhoso e inteligente e genial e amoroso e irresistível e adorável e apaixonante e forte e sexy e incrível, e nós somos as cabras mais sortudas de Rio de Mouro por te termos só para nós, ou quase.

NOSSO PRÍNCIPE VELHINHO,
A semana passou e com ela passaram as nossas certezas. Não ajudou não teres aparecido mais uma vez. Nós temos alguma empatia por achares que tens de ajudar a senhora tua mãe e mais todos os meios-irmãos que ela vai trazendo ao mundo. Mas é uma empatia teórica, algo que achamos que te fica bem e foda-se. Para mesmo aí. Na prática, entre sabê-los saciados e ver a Buffy refastelada não temos dúvidas da nossa prioridade. E deixa-nos muitíssimo putas que não seja também a tua. Mais, tudo o que os teus irmãos bastardos precisam mesmo roubam. Não tens de te preocupar. Ainda ontem vimos passar ao pé da estação dois deles em cima de uma bicicleta que deve custar mais do que seis rendas nossas.

Marcámos consulta com uma conselheira espiritual recomendada pela Luísa. Ela tem lá ido e está a ajudá-la imenso. Sentimos que precisamos de começar a ver melhor.

Se tu nos dissesses de verdade o que sentes por nós, nada disto seria necessário, até porque é mais uma despesa que não convém nada. Não tens de sentir muito, uma carreirinha chega. E se o dissesses em voz alta também ajudava muito.

Depois da consulta, marcámos com um velho amigo da molestagem. Um moço nervoso, sempre à rasca, sempre com alguém à procura dele, sempre a dever e sempre no crava. Tinha a maior colecção de fatos de treino arco-íris das Mercês à Amadora, mais um cão arraçado de javali que respondia por Besta. Saímos do futuro para um encontro com o passado. Vai ser estranho. Não o vemos há três anos, desde que foi enjaulado. Não sabemos que mal é que fez ao mundo. Se calhar foi só ter nascido na Serra das Minas. Está acabadinho de sair. Deve vir com a fome e a faminta todas juntas. Esperamos que não nos subam os calores aos ovários.

CORNITO,
Tudo isto é triste. A doutora continua sem aparecer. Não atende o telefone nem responde aos nossos emails. Continuamos a espalhar a palavra de que está em viagem de negócios, sem saber porque o fazemos. É provável que seja a herança dos dias em que éramos obrigadas a fazê-lo sob pena de sermos atingidas pela cigarreira voadora. Mentíamos por ela porque queríamos acreditar na mentira de que nos ia fazer directoras. Nunca especificou directora de quê, mas isso também pouco importava.

Deve estar fechada em casa. Como está mais tesa do que nós e com os cartões tapados, calculamos que esteja quietinha no quarto a ver televisão, intoxicada até à raiz da peruca, a ver se se esquece do apelido e se a família não dá por ela enquanto faz desaparecer mais um naco do património que o senhor seu avô um dia construiu do nada e de uns pinhais roubados por outro avô.

Escrever faz-nos parecer mais ocupadas, logo importantes, quase inacessíveis, diríamos mesmo essenciais à dinâmica deste submarino. E é o único repelente que ainda vai mantendo ao largo a maioria dos mirones. A abertura da época balnear trouxe os nossos decotes e as nossas microssaias de volta à vida. Os nossos fãs até já devem ter posto no Face que somos contra a opressão e as marcas de biquíni. Tanta mama por esses cubículos fora e só lhes dá para vir aqui.

PUTA DO NOSSO CORAÇÃO,

Não dormimos. Passámos a noite a considerar como é que seria se nós também estivéssemos na tua linha de negócio. Não que a tua actividade nos incomode. Cada um dá o corpo por aquilo que mais gosta, e nós sabemos o quanto tu gostas de dinheiro. Deve ser uma coisa de preto. Fazer pouco e ganhar muitíssimo com isso. Mas diz-nos o que é que achavas de recebermos cavalheiros em casa ou em hotéis por cem euros a hora. Menos do que isso é insultuoso.

Se as garrafas ganharam asas na noite de Fim de Ano só porque um branquela se esfregou no nosso rabo na pista à cunha do 28 Horas, imaginamos que a barraca pegasse fogo se ele nos tivesse oferecido umas notas para lhe sugarmos os fluidos no baldio das traseiras. Um dia destes vamos arranjar um cliente. Alguém em boa forma, de um ponto de vista fodível. Como não precisamos e tudo o que queremos é levar a nossa relação para um novo plano de igualdade de liberdades, vamos ser snobs na selecção.

E, em vez de te contarmos os pormenores, vamos filmar. Assim escusas de te torturar como nós, que passamos a vida a fazer o filme. Levas com ele já todo montadinho.

Same same, como diz a dona da loja dos chineses.

VELHO CORNO,

Não partilhámos contigo o nosso encontro de há umas semanas para mantermos vivo o reabilitado. Entretanto, descobrimos que se fosses dentro nem tudo seria mau. A fome é uma delícia. Só não nos foi às orelhas porque temos maneiras.

Fomos convidadas para uma de caracóis e outra de moelas. Pelos vistos, não conseguiu enriquecer nas oficinas de restauração de mobiliário antigo enquanto esteve dentro. Diz que teve um mestre com muito nome que lhe ensinou tudo. Agora gostava de montar a sua própria oficina para restaurar o passado, mas só lhe telefonam para consertar estantes do Ikea. Não lhe dissemos que o passado não tem arranjo possível. Achamos fofas as suas pretensões artísticas. E, com isso em mente, depois dos caracóis com a molhanga à base de margarina mais pirosa de sempre, declinámos o convite para conhecer a sua penthouse no R/C frente de um qualquer condomínio aberto na Rinchoa e seguimos para múltiplos no banco da paragem do autocarro que entretanto já nos fez aparecer em casa. Convém não vacilar na segurança pessoal. Fugimos mesmo depois de nos ter dito que nos quer apresentar à mãe. Coitadito, não faz ideia de que nós preferimos a fogueira ao altar.

VELHO,

A Tina foi hoje para Espanha. Fomos vê-la pela última vez. Estamos tristes. Estamos capazes de chorar um tsunami. Dormimos juntas e tudo. Não sabemos quando é que a vamos ver outra vez. Ela disse para a irmos visitar assim que tiver morada. Gostamos tanto dela que dói. Sempre foi a irmã mais velha que nunca tivemos, a que nos ensinou a arte da garganta funda. Também foi com ela que aprendemos que um brilho nos olhos não quer dizer sempre felicidade, mas sim que já vinha aviada e que tudo o que dissesse ou fizesse não teria qualquer validade no dia seguinte.

Deu-nos o passe, que ainda tem umas semanas e dá para o metro também. De óculos escuros sempre fomos iguais. Milhares de gins tónicos cravámos com a conversa das gémeas. Boleias para casa mais ainda. A última vez que molestámos em dupla foi na caixa aberta de uma Pajero, a ouvir o eco dos gritos da Tina praceta fora. Ela sempre gemeu mais alto. E os gajos parecia que adivinhavam. À conta daqueles guinchos, ficámos com as sobras de muitas noites. No entanto, ela é uma irmã, e as irmãs não se escolhem, vão-se conhecendo à medida que os pais têm a coragem de as apresentar à família. Ou nos funerais.

Foi para Espanha com um contacto, mas estamos preocupadas. O tipo que lhe disse para ir pareceu-nos manhoso. Fomos sair com ele umas poucas de vezes e ele dizia que tinha muitos restaurantes

e trabalho para as duas. Às vezes trocava-se e dizia que eram bares ao pé da praia muito relaxados, em que as empregadas até podiam trabalhar de biquíni, se quisessem, e que havia sempre muitas festas. Até nos pagava mais se andássemos despidas de igual.
   pra mim é casa de putas
   credo, nem toda a gente anda a atacar
   alguns andam
   como o teu Velhinho?
   ele não anda ao ataque, recebe em casa e vai a hotéis
   e as noites quele e o Jesus passam de volta dos balcões?
   é business, pròs contactos
   eu tamém preciso de business, há dois meses que tenho dir comer aos meus pais
   podia ser pior
   pois podia, podia ter dir comer a tua casa
   alguma coisa contra as minhas sopas?
   líquidos sem álcool não são a minha cena
   mal-agradecida
   sopeira
   vaca
   como tu quiseres, entretanto vou apanhar ar, conhecer gente nova
   cabrões novos, queres dizer
   de preferência que não andem a atacar
   puta
   podia ser pior.

Estamos preocupadas. Ela, quando bebe, não se consegue manter vestida durante muito tempo.

Entretanto, a semana passou, passou mais uma e tu continuas sem dar o corpo.

VELHINHO NEGLIGENTE,
Não estás, há mais quem esteja. Fomos arejar com o nosso ex-cadastrado. Estava em noite romântica e decidiu levar-nos ao seu local do coração. Diz que acha importante partilharmos passatempos juntos para que a nossa relação, nas palavras dele, possa vir a ser uma cena porreirinha. Coitadito, fica-lhe bem a negação. Como foi um pensamento tão lambido, não lhe dissemos que ele é e será sempre um pedaço de carne precário.

Deixámo-nos ir na sua lambreta a precisar de ser trocada por outra roubada mais recentemente, e acabámos algures em Rio de Mouro Velho, no Bar e Salão de Fogo Nandos. Um clube privado para criminosos e simpatizantes onde se pratica tiro de pistola, espingarda e não conseguimos perceber se de granada também. O espaço fica num terceiro andar de um prédio de habitação. A sala de jantar foi convertida em carreira de tiro e o quarto ao lado faz as vezes de bar, apoiado por uma cozinha aberta.

Assim que chegámos, fez questão de nos apresentar ao dono, que não pareceu muito contente de ver ali um rabo novo. Com os olhos poisados entre o nosso pescoço e o umbigo, quis saber quem éramos, onde vivíamos, o que fazíamos e se não pertencíamos a nenhum grupo profissional indesejado. O nosso ex-cadastrado assegurou-lhe que éramos gente boa e isso bastou para que o dono, também conhecido por Nandos, nos convidasse de imediato a chegar-nos ao balcão com os cinco dedos espalmados na nádega esquerda. Sorrimos e anotámos o gesto no nosso bloco invisível de abusos para retribuir um dia mais tarde. Cabrão.

Fomos também apresentadas às poucas mulheres e namoradas que rebolavam entre a carreira de tiro e o balcão, de .22, .38 e 9mm nas unhas. Nenhuma pareceu feliz por nos conhecer. Percebe-se que não é território para meninas. Qualquer mama em falso pode acabar à chumbada.

Engolimos as três imperiais que nos puseram à frente e fizemo-nos à carreira de tiro com o ex-enjaulado como instrutor. Começámos com uma .22 automática, a dez metros, e falhámos todas. A doze nem sequer tentámos. Os primeiros vinte e cinco chumbinhos pareciam de salva. Nem um buraquinho no alvo para levarmos para casa como recordação. E já estávamos quase a desistir quando o Nandos largou o vidro que separa a sala da carreira de tiro e nos agarrou por trás, nos afastou as pernas, nos arqueou os braços e nos segredou ao ouvido que estávamos a respirar mal. É preciso expirar na direcção em que as queremos ver morrer, disse-nos. Arredou o nosso instrutor de volta para o balcão e ali ficou, colado ao nosso rabo, até conseguirmos domesticar o primeiro chumbinho.

Deve ter sido o nojo de lhe sentirmos o bafo a roçar na nossa orelha direita que nos fez focar e, em vez de lhe descarregarmos uma série de cinco dentro da narina mais peluda, enfiámo-las todas num grupinho muito juntinho, mesmo ao lado da mosca. Um feito que nos fez ganhar outro abuso na nádega mais a jeito. Cabrão. E lá vão duas.

Abrir fogo não é melhor do que sexo, como nada o pode ser, mas deixou-nos muito aliviadas. Acabámos a noite em casa, sozinhas e felizes.

CARO VELHO,

Chega. Nós não temos um problema XL com trabalhares longe nem com andares a lamber flácidas por dinheiro, mas temos um problema XXXL com esse Jesus, que agora até deu em atender o teu telefone. Estamos tão putas que não nos conseguimos concentrar. Damos por nós a passarinhar por todo o lado sem saber para onde ir. Acabamos quase sempre no armazém, que é onde ainda restam os espécimes mais molestáveis. Não comemos, não corremos, não fodemos, não nada. Pior, passamos o tempo todo lá em baixo a fumar, e a doutora já começou a disparatar.

Sim, ela dignou-se a aparecer, e anda a fazer disso um hábito. É o quarto dia consecutivo que passa duas horas inteirinhas no escritório. Não estamos habituadas e também não estamos a lidar bem com a ideia de termos de trabalhar. O treino que andávamos a fazer para directoras, baseado na farsa, era difícil o suficiente, imagina agora termos mesmo de fazer aquilo que ela nos pede. Fôssemos umas meninas e estávamos a caminho de um princípio de esgotamento.

A doutora deve estar a delinear estratégias novas. Também não é hábito dela trabalhar. E por isso é que sempre fomos a dupla perfeita. O acordo era que ela fingia que trabalhava e nós fingíamos com ela, até sermos promovidas a directoras e deixarmos de ter de fingir. Agora ela parece estar a querer mudar as regras do jogo. Está mal.

Mas pior ainda está a revelar-se a nova estratégia de motivação dos empregados. Ontem de manhã, a contabilidade enviou um email geral a dizer que, devido a um atraso de um pagamento do banco, por enquanto só podia transferir cinquenta por cento dos salários. Outra vez. Não gostámos, e a gente pequena menos ainda. Como há muitos que não acreditam no email, chegaram-se em massa aos cubículos das senhoras da contabilidade. Elas, muito aflitas, não conseguiram repetir mais o que já tinham escrito. Só a senhora dona chefe é que conseguiu adiantar que a doutora estava a tratar do caso. É cómico como o pagamento dos salários de repente se torna um caso, e a doutora, que é a responsável por este roubo ao email armado, é vendida às massas como a salvadora, aquela que vai enfrentar os senhores maus do banco e fazer com que eles paguem aquilo que ela nos deve.

Nos últimos dias, tem estado fechada em reuniões com todos os advogados que ainda não enganou da linha e arredores. Esperamos que tenham negociado pronto pagamento em dinheiro. De outra forma, vão levar com as costas largas do banco mais cedo ou mais tarde.

Tanta reunião, tantos fatos juntos, só pode acabar em tragédia.

VELHO,

O dia de hoje foi pior ainda. Foi como um desastre em cadeia entre um autocarro do Centro de Dia cheio de velhinhos, um contentor da Fosforeira Portuguesa e um camião-cisterna da Repsol.

Acordámos doentes do sonho que tivemos. Sonhámos contigo e com o Jesus a fazer a cama de lavado. Até fizemos febre. E se tu não te pões a andar já cá para cima, nós vamos aí abaixo, amarramos-te os pentelhos a uma carroça puxada por cabras e voltamos devagarinho pela nacional.

Tu sabes tudo aquilo que nós sentimos por ti, ainda ontem to dissemos em trinta e sete mensagens seguidas. Agora, continuar assim é que não. A escolha é entre Maria e Jesus. Que isso seja uma escolha ainda nos deixa mais putas. Não conseguimos escrever mais. Preferimos enxovalhar-te em directo. Sim, estamos intoxicadas. Estamos mais intoxicadas do que um crosta caído dentro de uma saca de cinquenta quilos de branquinha por cortar. Se for o Jesus a atender, esfrangalhamos-lhe os tímpanos até ele ficar surdo-mudo.

MEU QUERIDO VELHINHO,

Estamos muito melhor. Ontem, com a fúria de não conseguirmos falar contigo, atirámos o telemóvel pela janela. Se vivêssemos num filme americano, diriam que temos assuntos por resolver. A viver aqui, na praceta das Mimosas, limitaram-se a gritar: Olhaí, foda-se!

Foi um alívio. Tão bom como se te tivéssemos aberto o sobrolho num arremesso sem espinhas. De seguida, fomos vítimas de um rapto surpresa que não podia ter acabado melhor. Fomos voar com a Luísa e o Jorge. Primeiro, graças à nossa amiga Ayrton, que acredita que o Fiesta comercial do moço tem obrigação de lamber os 180 quilómetros por hora na descida dos Cabos de Ávila. Depois, graças ao próprio do moço, que é sempre um senhor a tratar as suas damas e tinha uns tirinhos de veludo prontos para nos receber. Fresquinhíssima. Até cheirava a mar.

Lembrámo-nos de ti. De quando começámos a descobrir o mundo das intoxicações juntos. No fim da noite davas-nos um charrito para dormirmos melhor e sonharmos contigo. E recordámos a nossa primeira vez, nós, todas exibicionistas, de tão intoxicadas que estávamos. Nem acertávamos com o teu nome. O parque de estacionamento do Minipreço não é o nosso lugar de sonho. Mas teve de ser. Tu andavas a pedi-las há muito. É triste sentirmos que não mais te vamos cavalgar em cima dos carrinhos das compras às duas da manhã. Tínhamos futuro na molestação ao ar livre.

Genial foi tu a dizeres que cobravas um pintor e nós a pagarmos-te com bofetadas. É preciso lata. Ganhas a molestação da tua vida e ainda achas que nos estás a fazer um favor. Nós é que devíamos ter cobrado, gigolô dos subúrbios.

Uma coisa é certa, sempre soubeste o que é que querias ser quando fosses grande.

Para alegrar a noite com algo diferente e giro, resolvemos pedir ao ex-cadastrado que viesse fazer de livre-trânsito, para irmos espalhar a nossa boa energia ao Bar e Salão de Fogo Nandos. O Jorge já nos tinha pedido para o levarmos lá, e a Luísa quando está ofuscada esquece-se de muita coisa, incluindo de alguns medos de estimação como o que tem a armas. Misturar as receitas que crava aos médicos do consultório com os brindes do Jorge nem sempre tem os efeitos secundários desejados. Mas ela, como nós, acredita que uma mulher tem de conseguir financiar as suas pauladas sozinha. Quem diria que ser recepcionista num consultório poderia ser fundamental para a emancipação feminina?

O Nandos, de princípio, não nos queria deixar entrar com mais dois rabos novos. Foi preciso que o Jorge mencionasse alguns inimigos da lei em comum para que ele tirasse as correntes da porta e nos desse dois beijos molhados com o bigode. Como brinde ainda vieram de lá mais dois beijos do seu novo compadre Geleia. Muitos compadres tem esta gente que vem do sul do equador. Começamos a achar que redefiniram o conceito para que pudesse acolher mais uns. É bonito ver uma relação pura e honesta de compadrio. Quase que ficámos com uma lágrima no canto do olho. Foda-se. Agora que nos lembrámos da canção vamo-nos torturar o resto do dia. Devemos ter a herança cultural pós-colonial mais pirogajosa de sempre.

O compadre é também o novo sócio do Bar e Salão de Fogo Nandos. Diz que acabou de sair de um barco vindo de África com uma mala cheia de notas caducadas, mas que através de um amigo criminoso de um amigo muito mais criminoso ainda lhe conseguiram dar algo pela fortuna ultrapassada. É nisto que dá lavar dinheiro fora de prazo. Acaba sempre em investimentos ainda mais criminosos.

Não fazíamos ideia de que ainda vinham barcos de África, nem sabíamos de que África é que ele falava. Uma coisa é certa: apesar de ser cem por cento branco, falava cento e cinquenta por cento à preto. Por momentos, pareceu-nos uma língua muito parecida com português. Se calhar estava só a gozar.

Seja como for, não mandámos o senhor Geleia ir falar à preto para a sanzala da tia porque tem idade para ser nosso bisavô. O respeito pela ferrugem fala mais alto. Até para com os retardados sem justa causa. Também nos conteve o detalhe de, enquanto limpava um .38, a mão lhe fugir como se estivesse a ter um ataque cardíaco. A alcunha ou o nome visionário estão explicados.

O Nandos estava tão contente por nos ver que mandou arredar três criminosos do balcão e instalou-nos no camarote principal, mesmo ao lado da torneira das imperiais, que era para as recebermos mais fresquinhas. Continuamos sem perceber como é que ele consegue que o trolha das cervejas vá abastecer um clube de tiro dentro de um apartamento, dentro de um prédio, dentro de uma cidade onde o uso e porte de armas é privilégio dos criminosos da autoridade e afins. O Jorge e a Luísa não queriam acreditar que estavam ao balcão do Bar e Salão de Fogo Nandos e que, na sala ao lado, os clientes com várias centenas de anos de penas cumpridas estavam a descarregar de .38 a 9mm como quem bate uma sueca.

Aproveitámos o efeito surpresa para pedir ao Nandos duas .22, que, pelo caminho, vieram agarradas a dois mentores. As regras de segurança do Bar e Salão de Fogo Nandos obrigam a que todos os utentes virgens sejam acompanhados por dois criminosos com CV reconhecido pela gerência. O Jorge ficou com um moço tão feio que só pode ser filho de um herpes com uma verruga. E a Luísa teve de se ver com o Geleia. Ao fim de muitas dicas e duas caixas de cinquenta, a Luísa revelou-se uma atiradora desastrosa, e ao Jorge de nada lhe valeram os milhares de horas à PlayStation. Estarmos todos muito intoxicados pode não ter ajudado. Mas foi uma noite bonita. Nós e a Luísa ainda fomos rebolar-nos para cima do balcão, enquanto o Jorge e o nosso ex-cadastrado sorriam a medo, caladinhos, rodeados por criminosos de ferros nas pochetes e imperiais no ar, a cantar o Romance Mau da senhora dona Gaga.

VELHITO,

Esquecemo-nos de partilhar contigo a conversa com a consultora do futuro recomendada pela Luísa.

Em relação à Tina, disse que ela morre de ciúmes nossos e que nos odeia. Nem acreditámos. Achámos que estava enganada e pedimos-lhe para se certificar. Ela viu outra vez e disse que não havia erro, que era tudo muito visível. A Tina queria ser como nós e, como não pode, manda-nos toda a energia negativa que consegue. Inacreditável, depois de termos abusado de tantos frangos juntas. Cabruta.

A Augusta foi o grande tema da conversa. Pelos vistos, é uma pessoa muito especial, mas ainda não encontrou a verdadeira luz. Está explicada a mudança sazonal de crença religiosa. É incrível como a nossa mãe consegue sempre a atenção da paróquia inteira.

Tu, nas palavras dela, és um amor de pessoa, com um coração de boi, atencioso, trabalhador, um bocadinho vaidoso, mas muito generoso. Ficámos com a sensação de que ela não fazia ideia do que estava a inventar. Disse-nos que és uma fonte de felicidade para a família. E recomendou-nos mudarmo-nos para casa da tua mãe, que é a melhor forma de se viver com um homem, segundo ela.

Quanto ao nosso pai e à nova namorada, nada de novo.

Ficámos com pena de que tivesse falado tão pouco de nós. É um tópico que nos interessa muito mais.

Marcámos outra sessão. Já lhe dissemos que não queríamos ouvir mais sobre a Augusta. Só nos interessa a nossa pessoa.

Disse-nos ainda que conhecemos o teu irmão de outra vida. E que é por isso que não nos podemos cheirar. Tivemos uma relação má. Não percebemos de que tipo. Ela disse que tinha sido uma coisa carnal, violenta, cheia de sangue. Se precisavas de provas, aqui as tens.

HOMEM,

Este bote gigante está oficialmente a transformar-se num submarino. O estagiário das contabilistas – por acaso, muito molestável, com as calças a caírem-lhe pelo cu divinal abaixo – veio cá ver se mirava o 36 mais desejado de todos os cubículos e, enquanto rondava à espera de uma aberta, deixou cair que o banco tem a linha de crédito congelada há muito. Desde então, a doutora mandou também congelar os pagamentos das prestações, e agora parece que se vão encontrar todos no tribunal. A anedota de salário que foi paga este mês veio da conta das retenções na fonte, que pelos vistos não estão a ser redireccionadas para quem de direito. Tentámos saber há quanto tempo é que a doutora anda a gozar com os senhores do Estado, mas o moço já tinha percebido que o decote de hoje não folga o suficiente para miragens, perdeu a motivação e fez-se ao seu metro quadrado. Ainda assim, lá conseguimos baixar a informação de que a doutora mandou pagar o salário dela, dos directores e dos consultores por inteiro. O que quer dizer que, entre ela, os primos e os afilhados, foi-se o que havia para a gente pequena, nós incluídas.

Depois de tantos anos a levar com ela, a fingir na perfeição que fazíamos tudo o que nos pedia, é assim que nos retribui. Vacabrona. Ao menos podia ter dividido o que havia pela parte fêmea da empresa e deixava só os machos a arder. Sempre poderia vender a pelintrice como uma acção nobre.

Apesar de ser contra os nossos princípios, vamos precisar da tua ajuda. Não pagámos ao senhorio aquilo que a doutora não nos pagou. E ele, como asqueroso de primeira, já começou a sugerir que se não podemos pagar em dinheiro ele não se importa de receber com beijinhos no careca, palavras dele. Perguntámos-lhe se o careca também era anão. Ele não gostou e foi-se embora a insultar a Augusta. Às vezes, parece que vocês nasceram todos com duas bolas de merda no lugar dos lóbulos.

VELHO TRABALHADOR,
Mexe essas ancas. Dá-lhe nas pastilhas e faz muitas pensionistas. É por nós, querido. Quase a tornarmo-nos sem emprego e sem abrigo.

VELHÃO,

Acabámos mesmo, mesmo de chegar. O fim de semana contigo foi maravilhoso. O autocarro de Armação de Pera para cá é que não foi fantástico. Até os porcos que passaram por nós na autoestrada a caminho do matadouro iam mais confortáveis.

Gostámos tanto de estar contigo que nem nos importámos que o teu irmão também aí estivesse. Se calhar foi porque ficámos com um pouco de pena dele desde que fomos à consultora do futuro. Cada vez mais achamos que ele tem problemas. Foi simpático da parte dele ter dormido no chão e ter deixado o sofá-cama para nós. Se quisesses, largávamos todo este nada e íamos viver contigo, ou melhor, convosco.

Uma coisa que não te vamos contar sobre o fim de semana é que ontem, quando estávamos a dormir, sentimos a mão dele nas nossas pernas. Acordámos e ele estava sentado no chão, a olhar para nós. Sorriu e voltou a deitar-se. Como não tínhamos a certeza se seria um pesadelo, ficámos caladas. Temos medo de que seja verdade.

Amanhã telefonamos à tua mãe para passar cá e apanhar o dinheiro. Tirámos umas notas de comissão de transporte, mas isso nem tu nem ela precisam de saber.

Vamos tomar as prendas que nos deste e enfiar-nos na cama com o Tarzan. Ele também sente muito a tua falta.

VELHINHO,
Não sabemos o que eram as prendas, nem sabemos o que nos aconteceu. O peito começou-nos a fugir e, quando olhámos para o lado, o Tarzan estava a arfar.
Tarzan, não me faças isto
não dá mais, Maria
Tarzan, nem a meio vamos
tou-ma ir, Maria
praonde?
se deus quiser, prò céu
quem tava a caminho do céu era eu
vais ter de lá chegar sozinha, Maria
Tarzan, tu sabes que parar a meio faz mal ao coração
e tu sabes que sempre tivemos o nosso fraquinho, dissemos-te no primeiro dia que tinhas escolhido o modelo mais barato, quera preciso calma pra isto saguentar
se em vez de conversas tivesses a puxar pelos motores, já távamos despachadas
desculpa, Maria, não consigo mexer um circuito que seja
olha capanhas
porrada prà despedida?

desculpa, Tarzanzinho, morres já, mas primeiro tens dacabar o que começaste

tu é que começaste, Maria, e és moça pra dar conta do recado

sabes bem que não é a mesma coisa sem ti, sentimo-nos parvas, sentimo-nos sozinhas

tu tás sozinha, Maria.

Ficámos a chorar pelo desgraçado até a luzinha se apagar. Como era o seu último desejo, continuámos sozinhas. Não foi a mesma coisa. Aliás, foi uma maratona desgraçada para conseguirmos chegar a uma vibração risível. Tanto suámos que sobrificámos.

Isto não pode continuar assim. Ou tu te mudas para cá ou mudamo-nos nós para aí. E não queremos saber o que é que o estupor do teu irmão acha ou deixa de achar. Vai ter de viver com isso e sem ti. Porque nós, agora, viúvas do Tarzan, temos um problema sério. Vamos enterrá-lo no descampado ao lado da estação. As obras lá ao pé estão paradas e podemos ir roubar uma pá.

Entretanto, mandámos vir outro igual, com o teu patrocínio. Pode ser que não se note a diferença.

VELHITO,

Sem ti e sem o Tarzan, temos andado pior. A única coisa que ainda nos consegue arrefecer os ovários é suar. Temos ido a correr para a empresa. Hoje chegámos exaustas, a destilar mais do que uma estrela porno a performar na sauna.

O nosso novo meio de transporte ganhou fãs na empresa e tínhamos à nossa espera no portão um comité do armazém mais uns trolhas desconhecidos. Confessamos que gostámos de saber que a nossa entrada na empresa já tinha admiradores externos, mas assim que cruzámos o portão e percebemos que nenhum dos pobres se estava a virar para nos seguir o rabo percebemos que algo de muito errado teria de estar a acontecer no Universo. Ajuntámo-nos às gentes e fomos informadas de que a fornecedora tinha enviado uma carrinha cheia de trolhas em vez da remessa do costume. Os trolhas vinham carregar em vez de descarregar. A nossa líder genial decidiu também cortar relações monetárias com a empresa que lhe fornecia as caixas cheias de tempo, e eles agora querem o tempo de volta. Brilhante. A vergonha que esta senhora é para as gajas deste mundo é do caralho.

Os pobres do armazém, apesar de machos, não são tão atrofiados como parecem e perceberam que, se devolvessem a mercadoria, ficavam sem caixas para andar a fingir que trabalham o dia todo, logo, a sua existência neste ecossistema passava a ser questionável. Pagaram a dívida à fornecedora com um arraial de porrada digno de um especial dos Jogos Sem Fronteiras.

VELHO,

Passaram três semanas desde a nossa última visita ao Sul e tu ainda não deste o corpo a norte do rio. Não penses que envelopes com cheques saldam tudo. Até porque para nós são apenas uma linha de crédito sem juros que será paga de imediato, assim que as nossas operações o permitirem. Não somos mulheres para ter dívidas nem para ser sustentadas. Agradecemos, porém, doações à causa e à renda.

Hoje recebemos uma mensagem tua que dizia – *eu te vou deixar*. Sabemos que a tua cabeça de preto às vezes pensa mesmo à preto e que te esqueceste de escrever *nunca*. Brilhante. Melhor ainda foi ouvir-te todo encaralhado quando te telefonámos a fingir que estávamos fodidas da vida. És mesmo preto, mulato que nos deixas putas por sentirmos tanto a tua falta.

ESTUPOR,

Tivemos uma conversa muito séria connosco e decidimos o que ficou decidido.

larga-me esse traste duma vez por todas
não consigo
basta acabar e mandar vir outro
não há outro
pois não, há milhares deles
nós preferimos este
por alguma razão em particular?
fomos nós co desmamámos
complexos maternais?
não, mas foi o único que fizemos homem
aí já tínhamos chegado
não é fácil, não se deixa ir alguém que se conhece desde sempre, as nossas primeiras memórias são com ele, até andámos à ama juntos, sempre dormimos em casa um do outro, dividíamos as fraldas e as chuchas
que nojo
chumbámos de ano juntos, apanhámos a primeira grande intoxicação juntos, íamos morrendo juntos
fizeste tudo isso com milhares doutros tamém

a nossa relação sempre foi de liberdade
a liberdade dele não te ligar nenhuma?
ligar liga, masé pouco
até um hamster te dava mais atenção
este não tem medo, vai-se a elas
e cobra-lhes
é generoso, ajuda-me
pensei que não precisavas de ajudas
e não preciso, mas ajuda
podias arranjar tão melhor
um frouxo que queira assentar, fazer de mim sopeira?
ao menos queria alguma coisa.

VELHO PASSADO,
Só para dar razão àqueles que acreditam que tudo o que sobe tem mesmo de se estatelar, para nossa desgraça aterrámos no Grande Festival Está Tudo Fodido dos Cornos, organizado pela nossa caríssima doutora, com direito a variedades e palhaços famosos. Sendo que o papel de palhaço-mor foi atribuído a nous. Voilà. Cabra.
menina, chegue lá aqui
queria dizer, Maria
sente-se e escreva
pode dizer queu lembro-me
não é para lembrar, é para escrever agora e depois mandar por correio electrónico para todos os elementos da empresa
quer dizer email geral
ainda não lhe disse o que quero dizer
diga
título, título, título
três vezes título?
não, no título ponha: nova estratégia estratégica
quer dizer o quê?
eles percebem, deixe estar
mas sé geral tamém vai ser pra mim, e eu não vou perceber
sim, depois alguém lhe explica

só tava a dizer
caros colaboradores, não, caríssimos trabalhadores
trabalhadores parece um bocado à fábrica
o qué que sugere?
se não percebo, não posso sugerir
e pode estar calada?
a sôtora é que diz sempre pra eu ter espírito crítico, se quero ser directora
é só para parecer simpática, ponha colegas, então
parece colegas da escola ou outra coisa pior
que coisa pior?
há quem diga que colegas são as putas
quem é que diz isso?
os taratas
admirável
fica colegas?
não sei, deixe-me pensar, eu já chamo outra vez.

Não demorou a mandar-nos vir de volta. Sem os salamaleques todos que fomos obrigadas a escrever, o curto e o fino da nova estratégia da doutora para prevenir futuros assaltos de fornecedores é escoar o produto. Brilhante. Só mesmo de um génio de gestão. Escoar o produto. Deve ter acordado a achar que era o Escobar do IC. Mas a ideia não é totalmente estúpida. Se vender recebe, se recebe tem dinheiro, dinheiro é o que é necessário para pagar à gente pequena que como nós espera os muitos cinquenta por centos em atraso.

Melhor do que a estratégia da doutora só a estratégia de implementação. Insatisfeita com a performance da equipa de vendas, ou seja do Zé, do António, do Tozé e dos outros Antónios Josés, decidiu marcar uma assembleia-geral para anunciar que, a partir de hoje, quem quiser vai ao armazém, levanta até cem cartões, paga a preço de retalho e, se conseguir vender os cartões, fica com o lucro. Os Zés, os Antónios e as outras variantes, que eram até agora a equipa de vendas exclusiva desta jangada agarrada com cuspe, não gostaram. Os seus salários em atraso dependem das comissões, para poderem ir para casa com algo mais do que o salário mínimo por pagar. A revolta dos vendedores foi engrossada pela do pessoal do armazém que, na pessoa do seu chefe empoleirado em cima de uma mesa, reclamou que não tem meios logísticos para fazer a distribuição dos cartões à unidade. Daí até a doutora abandonar o refeitório das negociações foi o tempo do braço da dona chefe da contabilidade se elevar como numa saudação skin. Vinha dizer que os pagamentos não podiam ser feitos sem as folhas de horas e todos os outros formulários imprescindíveis.

Mais um génio da gestão incompreendido neste país. Mais uma empresa nacional que não vai conquistar a Europa, a Ásia e o ciberespaço porque os pobres que aqui trabalham não são capazes de acompanhar a genialidade de quem quer liderar a empresa até aos quatro cantos da falência.

CÃO,
O Tarzan II acabou de chegar.
A Buffy dorme como uma santa e não perguntou por ti.
Embrulha.

VELHINHINHINHO,

Neste momento faltam cento e sessenta e oito horas para esta ser a tua casa também.

Nem acreditamos que queiras mudar-te connosco. É a melhor notícia das nossas vidas. Vai ser tudo lindo e perfeito.

VELHÃOZÃO AMORZÃO,
A vida é tão bonita. Telefonámos à Luísa para irmos comemorar e acabámos no Nandos. A moça esqueceu-se de que tinha medo de ferros e está a revelar-se uma atiradora de veludo. Pelos vistos, faltava-lhe só a minissaia, que lhe dá mais movimento de pernas e toda a atenção dos criminosos.

O Nandos estava tão deliciado com as vistas que até se esqueceu de perguntar pelo nosso ex-cadastrado. Estamos a emancipar-nos no mundo dos delinquentes.

Pelos vistos, os bares e salões de fogo clandestinos também se redecoram. E com o senhor Nandos como estilista da empreitada, não imaginas a dor que foi e será por muitos e feios anos. O bar continua na sala de estar e a carreira de tiro na sala de jantar, a abrir para o quarto. Reparámos que tinha umas máscaras de pretos novas nas paredes, e também um tapete com aquelas moças em topless, cheias de filhos à volta e bilhas empilhadas na cabeça, com o sempre presente embondeiro a fazer referência de distância no horizonte. Se fôssemos mazinhas, diríamos que os tapetes que se veem em tudo quanto é parede de retornado são sempre o mesmo. Como não somos, achamos que o mau gosto formado nas províncias ultramarinas é muito coerente.

O armário em que o Nandos guarda os ferros também não escapou à redecoração e levou uma demão manhosa de tinta casca de ovo. Baldou-se à lixa da ferrugem e o resultado é uma pintura em relevo. Uma coisa moderna que, exposta de outra maneira, noutro local e com um texto a acompanhar, poderia ser uma peça de crítica social, a expressão da revolta do artista. Ali, a sobressair contra a parede verde, é apenas uma decisão questionável. Só o Nandos para pintar de uma cor contrastante o armário que um dia o há-de desgraçar. Parece que tem medo de se esquecer onde é que guarda as fuscas.

VELHINHINHINHINHINHINHINHO,
Daqui a setenta e três horas vamos estar a dizer-te boa-noite na mesma cama. E depois bom-dia. Vamos deixar de adormecer agarradas ao telemóvel à espera do teu telefonema para adormecermos agarradas a ti. Hoje nem fomos trabalhar. Estávamos felizes de mais. Telefonámos a dizer que tínhamos herpes em fase aguda de contágio e ficámos a limpar a casa. Sacudimos, aspirámos, lavámos, esfregámos. Só não passámos a ferro por causa da vacabra da vizinha do lado.
 não tem?
 não, não tenho, filha
 atão comé que passa?
 não passo, estico tudo muito bem antes da pôr a secar
 e as camisas do marido?
 é ele cas passa
 sem tábua?
 a mesa da sala serve
 tou-lha dizer quera só uma horita
 mas tu achas queu tenho vida pra ti?
 custa muito, é?
 filha, desarreda-me a porta queu tenho dir
 vacabra

qué qué isso?
é uma vaca que tamém é cabra.

CHUCHUINHOZINHO,
Acordámos a suar contigo, e com a voz da doutora ao ouvido. Queria saber se estávamos melhores. Por momentos, não soubemos de que é que deveríamos estar a recuperar, até o sistema nos lembrar de que era suposto estarmos em quarentena devido aos herpes épicos imaginários.

sim, muito, quase boas, afinal não era assim tão mau
veja lá, olhe que essas coisas têm de ser bem curadas
já tá quase
se quiser até peço ao meu genro, que é o melhor dermatologista deste país, para a ver
deixe tar, não precisa, amanhã devemos poder ir trabalhar
ainda bem, que me faz cá muita falta
era só isso?
era, e era também para saber se a Maria não queria organizar um grupo de colaboradores independentes, assim entre os seus amigos, para pôr em prática a brilhante estratégia que ontem foi injustamente recusada pelos ingratos desta empresa
não sei se sei bem o qué ca doutora tá a querer dizer
estou a perguntar se a Maria não quer passar umas caixas de cartões aos seus amigos e ficar com vinte por cento de cada venda
interessante

a Maria é a minha primeira escolha, neste momento só tenho confiança e esperança em si para me ajudar neste novo desafio, e olhe que se tudo correr bem, como estou certa, pode vir a ter cartões novos dentro de muito pouco tempo, cartões impressos no papel dos cartões da direcção, se me percebe

e as caixas podem ser levantadas à confiança ou tem de ser fechado a pronto?

isso é que ainda tem de ser discutido, mas a direcção preferia que a Maria recolhesse os fundos previamente entre a sua rede de colaboradores

ou seja, tenho dos pagar antes dos vender

é uma oportunidade fantástica, não é? quer dizer, vinte por cento de muito é muitérrimo, o que é que me diz?

digo-lhe que se me pagar o que me deve primeiro até posso pensar nisso.

A cigana não gostou, não respondeu e desligou.

VELHÃOZÃO,

Entrámos nas últimas vinte e quatro horas. Também estás em transe? Nós passámos a noite a pensar em ti, agarradas ao Tarzan II. Chegou cheio de fúria. Escusas de ficar com ciúmes, que entre ti e o Tarzan nunca haverá dúvidas. Vocês complementam-se, sabes bem. São a dupla perfeita.

Recebemos um postal que é uma foto da Tina. Está a adorar. E a poupar imenso. Não gasta nada em comidas nem bebidas. Se não come no bar, diz que tem uma lista de espera para jantar com duas semanas. Almoço não faz porque só se levanta a meio da tarde. De resto, passa o dia e a noite de biquíni, ou seja, nem gasta com a roupa. Está a dividir uma casa com mais duas espanholas. Pelo que se vê na foto, bem boas. Só faltamos lá nós, diz ela. Depois do que nos disse a consultora espiritual, só temos vontade de a mandar para a cabra que a pariu.

Mesmo assim, temos andado a pensar que ela podia estar enganada. E nós ficamos sem uma amiga, por causa de uma visão errada? Vamos lá outra vez, para ela falar mais de nós e esclarecer outras coisas.

Entretanto, já tens espaço para as tuas coisas de higiene na cozinha. Não te esqueças de trazer a mala. Vai ficar em cima da nossa enquanto não comprarmos uma cómoda. Vimos uma em pano há dias, daquelas que se penduram nuns varões, uma coisa moderna, mas não quisemos comprar sem ti. Também podemos ir ver de um sofá e de umas cadeiras. Sabemos que detestas viver no chão. A nós não nos faz diferença, desde que seja contigo.

Vamos correr. Descobrimos um circuito novo que segue a linha do comboio e o piso não é nada mau. Como aquilo é tudo baldios, até parece os circuitos de corta-mato de quando andávamos à escola. E temos mirones particulares e tudo. Uns pobres que andam a fingir que ainda há caracóis naquelas silvas cheias de pó de cimento. Enfim, deixa-nos ir, para não desapontar os senhores. Há que dar-lhes com o que se entreterem quando forem para a cama.

E já só faltam mil trezentos e oitenta minutinhos para te enchermos de molestaçõezinhas.

RELES MENTIROSO, minhoca aldrabona,

Não apareceste. Não telefonaste. Adiaste tudo com uma mensagem a dizer que afinal ias chegar uns dias atrasado, porque acabou de chegar a Armação um cruzeiro a abarrotar com gajas da alta do estrangeiro, e tu, desgraçado, não tens outra opção senão ir trabalhar. Ganhar a vida. Ganhar um extra, para quando vieres cá para cima, que é um mercado diferente e tu vais demorar algum tempo a montar a tua carteira de clientes e não podes deixar a tua família pendurada. A tua família somos nós, filho da maior puta que alguma vez atacou neste Universo e no outro.

E deixa-nos dizer-te que se não estás à nossa porta amanhã de manhã, ou seja, antes do meio-dia, assim que te pusermos as unhas em cima arrancamos-te os colhões pela língua e enforcamos-te no poste da luz com o intestino grosso.

ÓDIO VELHO,
Precisamos de nos acalmar. Vamos mandar vir o ex-presidiário e molestá-lo à força contra o chão.

CÃO VELHO,
Chegámos a casa e tu não estavas. Também não estavas no telemóvel nem no Face nem no chat. Calculamos que estejas atolado em mamas e rabos moles. Esperamos que tenhas aumentado a tarifa, como manda a lei da oferta e da procura. Coisas de negócios que a tua cabecinha de preto às vezes esquece. Chegámos à conclusão de que só nos sentiremos bem se te virmos a pedir misericórdia de joelhos, com uma cliente ou duas a assistir. Para que seja vergonha de uma vida e de uma carreira, e pelo caminho as clientes arreliadas passem palavra às amigas desesperadas. Podes esperar a nossa visita a qualquer instante. Hoje à noite não será, pois o emprego começa a dar-nos trabalho. Sendo a questão de o manter a mais difícil de momento.
    tenho boas e más notícias
    venham as boas, sôtora
    é melhor as más
    melhor pra quem?
    para mim, que tenho de as dar
    pensei cas notícias eram pra mim
    a mim também me custa
    como quiser, sôtora
    excelente ideia
    obrigada, é sua

fomos à falência
como?
devagarinho
mas quandé que foi isso?
ainda vai ser, os advogados estão a tratar do processo, e se tudo correr bem para a semana já estamos falidos
parece contente
que horror, este é o pior dia da minha vida
e as boas?
escusa de vir amanhã, depois e depois, pode ir à sua vida, quer dizer, isto também não era futuro para uma moça tão esperta como a Maria
e que prà semana tem de pagar a renda, o passe e o cartão
não estava à espera desta oportunidade?
não, tava à espera dos salários em atraso, de ser promovida, dum aumento, do subsídio de férias e de Natal, mas um pontapé no cu sem indemnização não tava nos desejos
pois, mas é assim mesmo, eles depois lá na Segurança Social até lhe dão um subsídio, uma ajuda, dão a tantos que a si não vai ser problema, se quiser recomendações ou assim é só dizer, faço-lhe meia dúzia com nomes diferentes, eles nunca verificam
os outros já sabem?
uns sim, outros nem por isso, coitaditos, há muitos que vão ter um problema, seja como nosso Senhor quiser, é ele que manda, no fim, não é?
neste caso diria qué mais a sôtora.

Cabra da vaca. Dá cabo da empresa da família e vai cantando e rindo arruinar a vida de outros pobres. A incompetência dela é a nossa miséria. Não nos parece bem. Arrumámos os tarecos e fomos fumar ao armazém. Já todos sabiam. O homem do sindicato marcou uma reunião para amanhã. Diz que ela não pode fugir com a celulite à seringa. E a seringa, pelos vistos, somos todos nós, encabeçados por ele. Somos duzentos e quarenta e três trabalhadores. Diz que temos direitos, e que foi para os podermos reclamar que fizeram aquela palhaçada de Abril.

VELHO VERME,

Estamos com um ódio canídeo à tua pessoa e ao resto do mundo. Estamos prestes a ir ao Nandos comprar uma fusca que te desfaça a carapinha e o nariz empinado em milhares de bocadinhos pequenininhos.

A tua sorte é que não podemos ir aí abaixo nos próximos dias. Pior, semanas. O homem do sindicato voltou com a conversa dos direitos. Foi decidido em plenário ignorarmos a doutora e continuarmos a ir trabalhar todos os dias. Sim, agora as reuniões passaram a plenários. A gente pequena está eufórica. Sentem-se a melhor classe operária do mundo. Coitados. Até lhes começamos a achar graça. Sentados, muito direitos, muito atentos, a tentar processar, com os dois neuroniozinhos que Deus lhes deu, os palavrões dos direitos e da luta que o homem do sindicato e os amigos que apareceram para animar a revolta vão gritando dos fundos do refeitório. Pela primeira vez alguém lhes dirige a palavra e não é para lhes dar uma piçada. Vivem momentos históricos. Os trabalhadores unidos vão ser todos despedidos. Nós devíamos fazer-nos à vida. Noutra situação, nem tínhamos voltado hoje. Mas estamos a ficar cobardes. Entre a rua agora e a rua quando esta novela acabar, estamos a optar por ficar a ver no que dá. Mesmo sabendo que só vai dar mais prejuízo. Os subsídios e os salários em atraso só vão ficar mais atrasados, e nós mais agarradas ainda, com o senhorio a querer passar dos abusos imaginários aos reais.

VELHO BOI INCANSÁVEL,
Calculamos que em breve terás de parar o que te tem mantido tão ocupado para deixar sarar as feridas, e assim que apareceres no visor a luzir desculpas não vamos atender. O castigo do silêncio deixa-te sempre mais ansioso. Vais telefonar uma vez e outra vez. As mensagens vão começar a cair, cada uma mais lambida do que a outra. Quando já não aguentarmos os erros ortográficos, atendemos com aquela voz de quem está prestes a entrar para a cama de um gajo qualquer, mais bonito, mais seco, mais rico e mais branco do que tu.

A tua única hipótese de redenção é a partilha do rolinho que tens guardado dentro do candeeiro, porque és o nosso daddy, e um daddy tem de olhar pela sua dama, e outras merdas que regem essa cabecinha, todas insultuosas, machistas e paternalistas mas que às vezes nos dão jeito. Nós continuamos a performance, que vai do choque à ofensa, passando pela indignação e pelo ataque de orgulho, aterrando por fim na calmaria, até chegarmos à perfeita representação de que fomos convencidas, de que o melhor a fazer é aceitar a tua generosidade a fundo perdido só para tu te sentires melhor.

Um acto de altruísmo puro a pensar exclusivamente no que te fará mais feliz. Como brinde, ainda te damos as boas-noites. E uma mensagem xaropópirosa. Nhurro.

BANQUINHO,

A tua bondade chegou há uns dias. Para comemorar, viemos de táxi para o trabalho, conduzidas por um cavalheiro que vinha a fazer festinhas na braguilha. Ao entrar no IC perguntámos-lhe se tinha perdido um colhão e se o podíamos ajudar. Má ideia. O homem sentiu-se apanhado em flagrante e atirou as mãos ao ar para justificar a sua inocência. Com as patas a abanar e a folga na direcção, fomos direitinhos aos railes, e se não fosse o grito que demos de Madalenas desgraçadas agora estávamos a escrever num bloco do Santa Maria.

Assim que lhes chega o cheiro a febra começam a apontar para onde querem atenção, depois uma pessoa chama-lhes as bolas pelos nomes e os desgraçados já não sabem o que fazer à vida. É do caralho.

No fim, nem conseguia olhar para nós. Pedimos uma factura para dar a impressão de que a empresa é que paga e o cavalheiro deu-nos uma em branco, enquanto fugia primeira fora.

Nem uma gratificaçãozinha pudemos deixar, como gostamos de fazer. A partilha da riqueza sempre foi o nosso ponto fraco, responsável por não conseguirmos acumular nenhuma. Isso, mais o ódio crescente que temos ao 134. Não é o autocarro em si, que é igualzinho aos outros. Também não são os passageiros nem os condutores. Somos amigas e fantasia de muitos. É o percurso. Alguém que tem de apanhar um autocarro para ir IC acima tem de estar muito mal na vida. O autocarro, como qualquer outro transporte público à excepção do comboio e do avião, é para ir daqui ali. Uma coisa sem importância porque não apetece levar o carro. Apanha-se o autocarro por luxo de escolha. E ninguém sabe se temos um descapotável na garagem.

À chegada, fomos recebidas com bons-dias, sorrisos, palmadinhas e murros no ar de um pobre mais entusiasta. Quem os visse pensaria que se preparavam para ir receber o cheque do totoloto em vez de estarem a dirigir-se para uma gaiola cinzenta, sem janelas, que os rouba cada vez que sentam os rabos naquelas cadeiras pseudoergonómicas. Nós juntámo-nos à massa a medo. Somos o ser vivo que está fisicamente mais perto da doutora. E agora deu-lhe para ladrar.

a menina ainda aqui está?

parece que sim

e pode-se saber a fazer o quê?

a trabalhar, né?

não, não é, não tem nada que estar a trabalhar

é pra isso que me pagam, se me pagassem

não há trabalho, acabou-se, fechámos, fomos à falência

plos vistos não é assim tão simples

o qué que não é simples?

ir assim, sem receber o que tá em atraso

quem é que lhe anda a mentir essas coisas? aqueles comunas que praí andam, desde Abril que só sabem estragar aquilo que o meu avô construiu

comunas não conheço nem um, quer dizer, conheci uns na festa do Avante mas não falámos sobre trabalho

festas de quem?

do Avante

avante vá a menina, vá, desapareça, vá lá aos subsídios, que aqui não há mais nada
a sôtora não pode fazer isto, é de lei
porque é que a menina não emigra, como já lhe disseram?
tou lha dizer, sôtora, eu até vou lá pra baixo, mas eu tenho direitos, como têm os outros todos
pois têm, têm o direito de irem fingir que trabalham para a empresa doutro, que eu já perdi a paciência para a conversa dos trabalhadores, a próxima é toda em outsourcing
out quê?
out daqui pra fora.

SUBSÍDIO,

Telefonámos à Luísa e fomos ao cinema, patrocinadas por ti. Ela também agradece. Diz que anda com os ovários nervosos, que quer ter um filho mas o Jorge não lho quer fazer. Por acaso, da última vez que o vimos reparámos que anda com o rabo preso, apertado para dentro, é o instinto da retenção, não quer deixar correr a vida que tem dentro de si. Uma pena, já para não dizer que lhe corta os orgasmos pela metade.

Aconselhámos a Luísa a comprar um gato ou outro bicho qualquer que a distraia e a faça sentir-se responsável por um ser vivo. Mas ela está fixada no filho. Faz-lhe aflição vir a ser uma mãe velha. Pior, nunca chegar a ser uma mulher de verdade. Ou seja, uma verdadeira sopeira.

Puta que pariu a conversa das criancinhas, parece que andam todas parvas. Não basta os traumas que lhes foram oferecidos pelos pais para agora ainda quererem continuar a tradição. Dissemos-lhe para se deixar de conversas de dona de casa e fomos intoxicar-nos. Temos saudades da Tina. Faz falta alguém que abra as hostilidades. Faz falta quem comece a despir-se em cima das mesas. A noite sai grátis e recebemos muito mais atenção. Resultado: voltámos para casa sozinhas e deprimidas. O Tarzan II estava à nossa espera e nós continuamos à tua. Boa noite, camelo.

VELHO,

Tivemos mais um pesadelo com o teu irmão. A situação era igualzinha à que se passou aí em baixo. Começamos a achar que foi tudo um vómito da nossa imaginação azeda. As nossas desculpas. Coitadito. Nós aqui a lançar-lhe fama de violador quando o escarumbito é inocente. Temos uma enorme suspeita da origem dos pesadelos. Nunca te contámos, mas a Augusta teve durante alguns anos um namorado que era enfermeiro. Sempre teve uma queda para as pessoas do bem. O ódio que ainda sentimos por ele não nos deixa escrever o seu nome, e deixa-nos também impossibilitadas de ir ao médico, ao hospital, ao centro de saúde, à farmácia, a tudo o que envolva batas brancas. O estafermo devia estar sob medicação e tratamento intensivo, em vez de andar noites e dias a cuidar de quem não se pode defender. Como é o caso de quase todos os enfermos que lhe passam pela frente. Na altura em que o tivemos de partilhar com a Augusta, ele estava nos cuidados intensivos. Só lhe iam parar às mãos casos extremos. Quando dizemos parar às mãos, queremos dizer isso mesmo. O mostrengo era enfermeiro, terapeuta e massagista. Típica formação para quem adora andar a mexer nos corpos dos outros. Mais uma vez, estamos a ser literais.

Mesmo antes da nossa primeira maratona, já corríamos muito. E de vez em quando íamos de casa da avó para casa da Augusta a correr. São só três estações, e se fores pelos carreiros ao lado da linha ainda é mais rápido. Um dia, chegámos a casa da Augusta cheias de cãibras, o que não era comum. Eram tão fortes que não conseguíamos estar. E só porque estávamos desesperadas é que deixámos que o rabo de ratazana com escorbuto nos fizesse uma massagem. Sentámo-nos no sofá da sala enquanto, do outro lado da parede, a Augusta elogiava as mãozinhas do namorado, agarrada ao terço. O verme lombrigueiro deve-se ter entusiasmado com os elogios e começou a trepar-nos pelas pernas. Nós, pitas, ficámos em pânico. Pior, ficámos tesas, nada mexia. Tudo berrava dor menos a voz. Entre as cãibras e aquelas mãos gosmentas, nunca sentimos tanta dor recheada de repulsa. E só quando ele nos levou os dedos à Buffy é que demos um salto. Calculamos que impulsionadas pelos glúteos e pelo asco. Mais nada tinha capacidade para se mexer. As mãos do verme recolheram aos nossos pés. Nós só queríamos rastejar dali para fora. Como não nos conseguíamos mexer e a Augusta continuava a alternar o pai-nosso com elogios, tivemos de nos deixar estar. Quisemos achar que tinha sido sem querer. Foi só impressão nossa, martelámos.

    foi impressão tua
    pois foi
    ninguém faria uma coisa dessas
    como é óbvio
    nem ele
    muito menos ele
    com a Augusta ali ao lado
    e ele gosta tanto dela
    adora-a
    tás a inventar mãos em sítios quelas nunca tocaram
    pois tou, é sempre a mesma merda
    olha ca mão vem lá outra vez
    não vem nada

há muito tempo quisso já não é perna
ninguém faz isto à filha da mulher
só não faz as duas ao mesmo tempo porque dava mau aspecto.

Fosse a Buffy um jacaré e aquele estupor ia directo para a mesa das reconstruções faciais, com 0,00001 por cento de hipótese de alguém alguma vez o voltar a reconhecer na rua.

Nada disto faz de nós coitadinhas, não precisámos de ajuda nem ficámos traumatizadas. A tentativa de violação é algo com que todas as moças aprendem a viver neste lado da linha; é a primeira lição que aprendemos no comboio para a escola. Mentira, a primeira é no autocarro a caminho da ama, ao colo das nossas mães com o peito a transbordar e o resto do corpo ainda a latejar. E a matilha a rondar, na esperança de a criancinha começar a chorar e elas não terem outro remédio senão calá-la com uma mama na boca. Devia ser a nula vontade delas que os deixava ainda mais embriagados, mais desavergonhados no roçar, ou então eram só as mamas gigantescas.

Anos mais tarde, quando a Augusta já andava nas mãos de outro, contámos-lhe o sucedido. Ela não quis acreditar, acusou a nossa imaginação maliciosa e fechou-se no quarto a rezar pela alma do enfermeiro que entretanto morrera atropelado. Às vezes, Deus é do caralho.

NOSSO GRANDESSÍSSIMO FILHO de uma enormíssima vaca e de um boi com os cornos enrolados até à China,

A vaca da tua mãe esteve cá hoje a insultar-nos e a querer saber de ti. Dissemos-lhe que se ela não tivesse tido tantos filhos se calhar sabia deles. Ela não gostou. Mas mandou dizer que uma das vacas das tuas tias está para vir visitá-la e tu ainda não enviaste o bilhete como prometido. E ela não quer vir em voo com escala, quer vir direitinha a Lisboa porque não sabe falar estrangeiro. Deve ter medo de ficar perdida para sempre num aeroporto cheio de branquelas. De que alguém a veja sentada a um canto e lhe dê de imediato uma bata e uma esfregona.

Desejámos-lhe boa sorte para a vidinha dela e que ficasse por lá. Ainda lhe demos as tuas meias e os teus ténis deixados aí num saco. Ela agradeceu, perguntou se não tínhamos mais nada. Está a fazer umas sacas de roupas para a irmã levar de volta para os bois dos teus primos.

pensava queles lá andavam todos descalços

anda quem não tem, filha, eles tamém não gostam de andar com pé sujo

com tanta ajuda que vai pra lá estes dias, até já deviam ter três pares cada um

filha, é tudo pròs comandantes venderem

cada um tem os comandantes que merece
que sabes tu de merecer? achas que mereces o filho que nos roubaste?
salguém roubou foi ele a mim, milhares de orgasmos
branquela e ingrata
eu não tenho mais tempo pra vocês
vocês quem? julgas que falas com quem?
com o pessoal das barracas.

GIGOLÔ CHULADO PELA MÃE,

Cada vez gostamos mais desta empresa. É oficial que não podemos trabalhar. O grande líder, também conhecido como o homem do sindicato ou o baixote vermelho, decretou uma greve de braços caídos. E o pessoal aderiu assim que o email esbarrou nos monitores dos computadores. Ninguém atende os telefones, ninguém vende, compra ou dá assistência aos clientes. É como se tivessem carregado num botão de pausa geral. E a gente pequena deixou cair o que tinha em mãos. Parecia que toda a vida tinham vivido para este momento, o momento do grande foda-se.

Achamos curioso estarmos em greve se estamos todos despedidos. Não sabíamos que era possível estarmos no olho da rua e ao mesmo tempo protestarmos pela falta de condições de um trabalho que não existe. É que nem estamos a protestar contra os despedimentos, estamos ainda na fase das reclamações contra os salários em atraso. Se calhar esta empresa vive em fusos horários diferentes e a doutora, como sempre, já vai muito à frente, já vai no próximo ano. No último plenário, ainda confirmámos com o grande líder se não era preciso termos trabalho para podermos reclamar a falta de pagamento. Disse-nos que isso eram detalhes técnicos irrelevantes e que o que interessava eram os direitos dos trabalhadores.

mas quem não tem trabalho tem direitos sobre o trabalho que não tem?

os trabalhadores têm sempre direitos
e quando não têm trabalho tamém são trabalhadores?
são, pois, são trabalhadores oprimidos
oprimidos por quem?
por quem os despediu
e isso não faz deles desempregados?
um trabalhador de verdade nunca está desempregado
e quando tá sem trabalho?
está a ser injustiçado pela classe patronal, que só pensa no lucro, mas nem por isso deixa de ser quem é, quem nasce trabalhador morre trabalhador
é como se fosse uma deficiência, atão.

Não é uma questão fácil, e o próprio líder passou de imediato ao segundo ponto da agenda, que foi seleccionar-nos para o comité central. Ou seja, acabámos de ser contratadas sem remuneração para protestar pelos salários em atraso de um posto de trabalho inexistente. Fez-nos lembrar os amigos de outro sindicato, que organizaram uma sessão de protesto em frente a uma empresa que pagava aos seus precários cinco euros por hora. Como não tinham corpos suficientes para encher as imagens das televisões, mandaram vir várias camionetas de pobrezinhos, pagos a nem mais nem menos do que cinco euros por hora. Justificação? Os manifestantes não eram trabalhadores especializados como os explorados pela empresa em questão. A questão dos senhores estarem a reclamar um aumento de remuneração a uma empresa para a qual não trabalhavam de verdade foi ignorada.

Entretanto, vamos ter de disfarçar e de desaparecer por esses corredores fora com carinha de stress. A nossa presença está a deixar a doutora puta da vida. Se pudesse, amarrava-nos a uma cadeira de rodas e atirava-nos pela rampa da Tapada das Mercês em direcção à locomotiva em trânsito.

CÃO FORAGIDO,

Não te vamos dar a atenção que não mereces. Foste atropelado, arrastado, escalpelizado, estrada fora, como o vadio peçonhento que és. E ninguém vai tirar a tua carcaça da beira da estrada. Vais ficar aí a feder ao sol, ignorado por todos, ou seja, por nós, que estamos demasiado ocupadas a fazer greve.

Quando o grande líder explicou a ideia da greve de braços caídos, pensámos que o que queria mesmo era ver-nos feitas zombies a vaguear pelos corredores. Felizmente, é só uma expressão dos comunas. A doutora tinha razão, isto está cheiinho deles. Com um pouco de charme e um favor ou outro, ainda conseguimos um passe para a festa do Avante com direito a ficar nas roulottes do partido, mesmo ao lado das estrelas convidadas. Partilhar o pão e o sono com a elite dos vermelhinhos pode estar à distância de uns beijinhos. Uma forma como outra qualquer de conseguir um passe. Aliás, muito parecida com a tua maneira de ganhar quase tudo nesta vida. E ao menos o grande líder não é um desesperado qualquer. É um VIP, tanto aqui como no partido, apesar de eles serem todos iguais.

O despedimento geral foi um alívio. Aquilo que todos temiam aconteceu, e ninguém morreu nem, ao que parece, há famílias a passar fome ou que se tenham mudado para baixo do viaduto. E, como escasseia o que fazer, já não se preocupam em esconder que de verdade pouco faziam. Começamos a achar que a grande razão do stress no trabalho não é o trabalho em si, mas sim o esforço constante para parecer ocupadíssimo. As conversetas nas esquinas dos cubículos já não precisam de ser sussurradas, a abanar emails de há dois anos sobre o novo sistema de controlo dos dias de férias. Agora puxam cadeiras, sentam-se, falam alto. Vê lá que até sorriem. Desgraças à parte, o despedimento geral foi mesmo a melhor coisa que aconteceu para levantar o moral do pessoal. Havias de vê-los de pés em cima da mesa, gargalhadas pelos corredores, a oferecerem-se para ir buscar café, água. Há três dias que não vemos umas trombas na esquina dos fumadores. Um dos simpáticos colocou umas cadeiras encostadas à parede onde bate o sol depois do almoço, o que tornou o espaço o solário da empresa e o local mais concorrido. Até a brigada antifumos para por lá. As moças, de saias arregaçadas e alcinha do soutien para baixo, como nós, também têm ajudado na animação do espaço.

É mesmo um prazer vir trabalhar. O ogre da informática deixou a sua estupidez profissional em casa, e pela primeira vez em anos de trabalho conseguiu fazer algo sem ao mesmo tempo aniquilar todo o sistema. Conseguiu, com a ajuda da sua ignorância infinita, entrar na rede dos vizinhos, e já estamos ligados ao mundo outra vez.

Ontem fizemos uma sessão com as moças da contabilidade e cada uma mostrou os vídeos de que mais gosta na net. Como seria de esperar, cãezinhos, gatinhos, outros inhos e muitos bebés estiveram em alta. A grande surpresa foi a chefe das moças, que escolheu mostrar um vídeo da filha no quarto a despir-se para o computador, ao som de uma tragédia dos anos 80.

ela sempre gostou muito de dançar
e tem jeito
é um talento que Deus lhe deu
e não lhe deu só isso

graças a Deus, é muito abençoada
tem futuro, com umas graças tão grandes
é o sonho dela, sempre foi tão esperta
muito interessante
desde pequenina quela dança
com a língua de fora?
isso foi o meu cunhado ca ensinou quando a menina tinha dois ou três anitos
e ela gostou
ficava tão gira a deitar a língua a toda a gente
e não lhe ensinou mais nada?
ensinou-a a fazer o manguito
que giro, e em pequena ela tamém se despia?
diga?
sela se despe para as câmaras desde criança?
claro que não, até foi sempre muito tímida
quem diria
isto é uma coisa artística, é uma dança, não é despir-se
pois, é uma bela performance
é um sucesso, há três meses quela pôs isto na internet e já teve oitocentas e noventa e cinco pessoas a ver
inda fica famosa
nunca se sabe
se se despisse mais, era capaz de ter mais pessoas
ela não se tá a despir, é uma performance, uma dança, hoje em dia as danças modernas são assim
muito à frente
até pode ser calguém cande à procura a descubra
e a cubra
era tão bom, ela ia ficar tão feliz
nota-se

as pessoas daqueles programas cos fazem famosos procuram muito na internet
e os que querem masturbar-se tamém.

A dona chefe ficou a olhar para nós com os olhinhos juntinhos muito arregalados, tentou processar, não conseguiu e abandonou o cubículo. As outras só conseguiram expirar quando a chefe ia na máquina da água. Tecnicamente ela já não é chefe de ninguém, visto que foi despedida com o resto dos pobres, no entanto não convém questionar tudo, muito menos as relações hierárquicas. Uma vez chefa sempre chefa.

Ainda bem que a empresa faliu, senão agora é que nunca mais recebíamos. A dona era a outra assinatura nos cheques. Coitada, conspurcámos-lhe o sonho. Nunca mais vai ver os vídeos da filha com os mesmos olhinhos pequeninos, inocentinhos. Ou nunca mais os vai ver. Esperamos que a pequena não leve um arraial de murros na boca do pai da próxima vez que ligar o computador. Com um pouco de sorte, a dona não tem coragem de partilhar o abre-olhos com o marido e a pequena lá vai continuando a sua grande carreira virtual. Um dia, terá mais de mil visionamentos. Será milionária e continuará a ser o orgulho das almoçaradas, e a mãe num silêncio de pecado, a pensar que algum dos amigalhaços do marido poderá ser um dos porcos que fazem aquelas coisas ao computador que ela nem pode pensar para não dar azar. Dentro daquela cabeça a masturbação está na caixinha das coisas que dão acesso directo ao inferno e das coisas do marido que não lhe dizem respeito. Coisas lá dele e do diabo.

Para amanhã está programado um almoço de empresa. Cada um traz o que pode. As moças da contabilidade disseram-nos que estavam a planear ir para casa da dona chefe ao fim do dia fazer croquetes e pastéis de bacalhau. Mas agora a saída de emergência da dona vem pôr em dúvida dias de planeamento detalhado. É provável que sejamos as responsáveis pela falta dos fritos à mesa. O que só é mais saudável, dissemos-lhes. Elas não demonstraram qualquer tipo de alegria. Aqueles rabos tamanho familiar revelam muitas horas e muito amor dedicados ao óleo a altas temperaturas. A mais nova disse-nos que andava há semanas a sonhar com os rissolitos de camarão. Mais um sonho arruinado, menos uma borbulhinha de celulite a transpirar pelas suas calças pretas, lustrosas, sempre tão justas e tão prontas a explodir.

VELHÃO,

Abrimos a porta derreadas, acabadas de sofrer quinze quilómetros, prontas para mandar a vizinha chatear o escroto do marido, e apareces tu de sorriso e ramo de flores. Gostamos muito desta tua nova faceta mais clássica. Para a próxima, devias experimentar vir de fato. Dá um toque de puta fina que vai muito bem contigo. Ficámos mais contentes ainda quando percebemos que o nosso inimigo Jesus não estava por perto, nem lá em baixo à espera.

Sugámos-te esses lábios de preto à ganância. Entalámo-nos entre a porta e a parede do corredor. As tuas canalhices e as tuas faltas de comparência foram apagadas do ficheiro e já estávamos a trepar parede acima quando o telefone tocou, e tu não o ignoraste.

eró Jesus
não quero saber
ele tem duas clientes à espera
bom pra ele
duas
mais uma fantasia realizada
elas tão à espera
ele dá conta delas
elas tamém tão à minha espera
issé que já não vai dar

eu disse-lhe, maselas não querem só o Jesus, cada uma quer o seu ele cas lamba à vez

não demora muito

tás nas tangas?

mais ou menos

tás a dizer que me queres deixar aqui com o soutien entalado, enquanto vais ali fazer duas gajas?

é só uma, a outra faz o Jesus

e depois queres viver?

elas tão a pagar bem

é preciso eu começar a pagar tamém, pra ter a tua atenção?

claro que não, tu nunca precisas de pagar, isto é por amor, aquilo é só trabalho

pois é, por issé que vais continuar aquilo que me tavas a fazer a mim

maselas tão à minha espera

cala-te e põe a língua onde tava

tem de ser, Maria, é trabalho

e as tuas mãos não tavam aí, tavam debaixo da saia

eu preciso de clientes cá em cima tamém

uma tava no rabo e a outra na perna

venho já, já, Maria, nem te mexas.

Teve de ser. Tu não aprendes. E muita sorte tiveste de nós só termos vasos pequenos na varanda. Senão, em vez de um cacto tinhas levado com um embondeiro na cabeça. A ideia não era acertarmos-te em cheio. Desculpa. Mas confessamos que nos deu prazer ver-te estendido no meio da estrada. Cais com elegância. Fica-te bem o sangue na camisola. E, pelo que conseguimos ver, não estavas a espumar da boca. O que é um bom sinal neste tipo de inconvenientes.

Não se faz, Velhinho. Não nos fazes trepar meia parede para a seguir nos estatelares em cima dos tacos, só para atenderes aquele cabrão daquele Judas que se faz passar por filho de Deus, quando a mãe nunca soube quem é que foi o pai.

CORNO PARTIDO,

    O Jesus esteve cá anteontem para pedir desculpa e nos dizer que não estavas em perigo de vida. Ficámos desapontadas. Disse que não sabia que tu estavas connosco e que só por isso é que telefonou. Se soubesse, nunca o faria. Conversa. Como ele estava a fazer um esforço para ser amigo, pousámos o vaso que sobrou e dissemos-lhe que subisse. Devias ter visto o sorriso do moço. Era tudo o que queria. Achamos interessante que a primeira coisa que faz mal te apanha no hospital é vir bater à nossa porta, com um ramo de salamaleques. Pela primeira vez, conseguimos ver-te nele. O moço tem uma adoração e um respeito por ti que é de cortar um rim. Diz que lhe ensinaste tudo. E que, se ele hoje não é um criminoso, é graças a ti. Não quisemos explicar-lhe que andar a fazer velhas não é a forma mais legal de ganhar a vida, tendo em conta que o resto dos vossos amigos está dentro ou para lá caminha a passo de corrida. Percebemos que, aos olhos dele, vocês deram-se bem na vida. São o orgulho de uma mãe das barracas.

CORNINHO,
Estávamos com fome, sem vontade de fazer jantar e já não conseguíamos digerir as pizzas congeladas. Mandámos vir o Jesus.
Maria?
sim, quem é cavia de ser?
claro, desculpa
inda queres ir jantar?
jantar? nós dois? sim, quando?
agora
quer dizer já, atão?
tu é que sabes, mas a vontade pode-nos passar rápido
eu posso, eu posso
atão, anda, mexe-te, corre, despacha-te
tou a ir, Maria, tou mesmo a ir
tás a vir ou tás a falar?
as duas coisas, queres ir aonde?
tu é que convidaste
claro, claro, deixa-me pensar
tás a demorar muito
é de tar a falar a andar.

Lá se encontrou e veio buscar-nos de táxi, ganhando desde logo um ponto. Seria bom aprenderes esta com ele. Gostámos de ter um Mercedes parado à porta à nossa espera. E para fazer render a coisa ainda fingimos que nos esquecemos da mala e demos-lhe a chave para que a fosse apanhar por nós. Coitadito, correu como se estivesse a fugir da polícia.

Fomos à churrascaria preferida dele no Universo. O centro em frente às lojas dos chineses. Devias ter visto a alegria da dona quando o viu entrar. Só faltou violá-lo ao balcão. O Jesus diz que ela vos ensinou muito quando eram miúdos. Achamos estranho nunca teres falado naquela vadalhoca, por outro lado se calhar já percebemos porque é que nunca o fizeste. Não somos de ciúmes, menos ainda retroactivos, mas aquela putéfia mostrou-nos o quanto podem ser aziantes. Pelos vistos, foi ela que vos ensinou todos os truques de língua, em troca de pernas de frango e ripas de entrecosto. Imaginamos o que teriam de lhe fazer por picanha.

No fim do frango, ganhámos uma demonstração grátis do Jesus. Pegou numa cereja, devagar, olhou-nos a íris a dilatar e sugou toda a carne da fruta, deixando o caroço hirto, agarrado ao caule. De seguida, afastou os lábios para nos apresentar o órgão musculado que ia dar início ao acto. O extremo do órgão musculado puxou o caule e o caroço da cereja para si, dobrou-os em três, quatro ou seis, não sabemos precisar, pois a partir da terceira deixámos de contar. De vez em quando, a língua aparecia entre os lábios, como se estivesse a lubrificá-los em câmara lentíssima. Quando a espinha da cereja deu de si, deixando de oferecer qualquer resistência, o órgão musculado do Jesus cobriu-a num abraço de carne viva. Sem querer, deixámos sair um gemido que era suposto ter sido mudo. Ele percebeu, deu mais uma volta final e ofereceu-nos o caule dobrado para sempre em forma de coração com o caroço no meio. Engolimos o seco que nos enchia a garganta e tivemos de o mandar parar quando ele começou a fazer o caroço baloiçar com a extremidade da língua que mais nos fez contorcer até hoje sem nos tocar.

Se a reles da rameira foi professora dos dois, quer dizer que tu guardas surpresas que nós ainda não experimentámos. E como um gemido leva sempre a outro, mudámos de ideias quanto a não te visitar. Amanhã estamos aí logo a seguir à greve. Só de te pensarmos sozinho e indefeso num quarto privado, mil ideias nos invadem os ovários.

VELHO DOENTE, CORNUDO, abandonado,

Não te fomos ver hoje como prometido e desejado porque não pudemos abandonar a greve. Nunca um emprego nos fez trabalhar tanto como este que não temos.

Quando chegámos de manhã, os portões da empresa estavam fechados a cadeado e correntes. Ficámos na rua com o resto da gente pequena. Felizmente, não chovia. O grande líder, numa viagem muito grande de ilusão da sua importância, decidiu telefonar à doutora a pedir explicações. Ela mandou o atendedor dizer que não estava disponível. Não fazíamos ideia de que fôssemos tantos a ser explorados pela doutora ao mesmo tempo. O ajuntamento e os telefonemas do grande líder para o partido fizeram com que aparecessem os jornalistas. Alguns vinham de câmara e tudo. Corremos o risco de nos tornarmos estrelas do telejornal. Por muito menos há quem tenha conseguido carreiras no negócio das presenças, com direito a patrocínio do cabeleireiro e da sapataria do largo da estação.

Já se sabe que quando mete televisão a vida passa de banal a tragédia. Ao fim da manhã, apareceu a polícia e o irmão mais novo da doutora, o Pedrito, que agora é engenheiro e detesta mais a irmã do que nós todos juntos. Gostámos de o ver. Temos óptimas lembranças dele. Prometeu ligar-nos para pormos os orgasmos em dia. A tua estadia no hospital veio mesmo a calhar. Fazemos inveja à lista de espera da Tina.

Nas beiças da polícia, o Pedrito trepou o portão e foi buscar o alicate do chefe de armazém. Apesar de engenheiro e herdeiro, não tem lá grande força de mãos. Foi preciso mandar vir mais dois pares para cortar as correntes. Mas foi ele que deu o corte final. Mais ninguém pode ser incriminado. Quando os portões se abriram, a gente pequena começou a correr empresa fora, aos gritos, para serem os primeiros a chegar ao local de desemprego. A euforia era de quem estava a ser libertado. Um momento de libertação inverso. Como se fossem presos a correr para dentro da prisão.

Em movimento contrário, a doutora, que para surpresa da multidão em delírio estava escondida lá dentro, saiu a correr, a dar aos braços, num pânico perfeito, a exclamar que a queriam linchar. A gente pequena não percebeu e disse-lhe que eles nunca deixariam que alguém fizesse isso. Ela lá tentou explicar que eles, gente pequena, é que a queriam linchar. Eles olharam uns para os outros e tentaram perceber porque é que haveriam de lhe querer o escalpe. Ninguém se chegou à frente. Coitada. Nem a peruca lhe querem. Continuou parque da empresa fora como uma galinha que não conseguia descolar para ir pedir socorro à polícia estacionada ao portão. Os senhores da autoridade disseram-lhe que não podiam entrar na empresa e que lhes parecia que ninguém lhe queria mal. Resposta errada. Ainda mais escandalosa, plantou-se em frente a um dos jornalistas com câmara de filmar. Foi bonito de se ver. Uma entrega, um sentimento, um abandonar do eu perfeito para dar lugar à personagem trágica. É um génio da representação e não o sabe. Ficámos a admirá-la ainda mais. Sozinha e de improviso, conseguiu entrevistas com todas as câmaras de filmar.

Com os acontecimentos do dia foi decidido que hoje ninguém sai daqui. Criámos um grupo de trabalho para ir ao supermercado, outro para fazer o jantar e ainda outro para decidir o que mais fazer. Nós ficámos no dos decisores. E ainda bem. Os outros estão de momento sobre o controlo directo e indirecto da dona chefe das contabilidades.

Antes de se cansar e ir para casa, a doutora arranjou maneira de cortar com o ar condicionado. O electricista, carpinteiro, porteiro e quando necessário estafeta não conseguiu dar conta do recado e sugeriu abrir as janelas. O bafo exterior e interior é agora a fonte de arrefecimento colectivo. Para já ainda se consegue respirar. Mais logo depende das negociações domésticas. Pode ser que muita da gente pequena desista. Uma coisa é dizer que sim, que ficam, outra é telefonar para casa e informar o macho de que vai dormir sozinho.

Séculos de conquistas e de direitos insultados em telefonemas grátis depois das 20:00 para os números do círculo familiar. Nada disto tem um pingo de gajice. Cambada de matrecas que só nos dão mau nome. Deviam ser proibidas de usar saias e obrigadas a andar sempre de bata. Assim, quando chegassem do trabalho, poderiam ir de imediato dar conta do comer, da roupa, dos filhos, da lida, escravidão em que vivem de livre vontade.

Para dar cenário à ocupação, o Pedrito ofereceu-se para pernoitar na empresa. Nós também nos chegámos à frente. Tu não vais a lado algum nos próximos dias, e adiar a nossa visita só te pode fazer bem. Descansas mais. E, muito antes de seres expulso por tentares vender o corpinho às enfermeiras, aí estaremos para te molestar devagarinho.

Dorme bem, cornito rachado.

CORNO ADORMECIDO,

A noite vai a meio e nós já não conseguimos estar na sauna. O cheiro a gajos, muitos e juntos, é tóxico. As probabilidades de começarmos o dia com uma orelha a crescer na testa devem ser enormes. Fizemos uma fuga estratégica para o nosso cubículo, que devido à proximidade com o gabinete da doutora tem direito a janela.

Depois do jantar, que a dona chefe preparou com as suas equipas e que, para surpresa nossa, não foi só gorduras e hidratos de carbono – havia meia dúzia de vitaminas nos morangos avalanchados pelo chantilly –, foi decidido que apenas um pequeno comité ficaria a guardar a razão da nossa existência. O grande líder não se cala com a optimização de recursos.

Ficámos nós e um bando de gajos que preferem dormir no chão de uma sala de reuniões a ir dormir a casa. As senhoras, por seu lado, ficaram todas muito caladinhas, pois quem não chegar a casa antes da hora combinada com o macho arrisca-se a apanhar. Não convém esticar a benesse que lhes foi concedida e lhes deu direito a jantar fora.

Quando chegou a hora de irmos para a caminha, o Pedrito já tinha arranjado uma desculpa para não ir literalmente bater com os costados no chão, e como é dono lá foi carregado de abraços fortes, sonoros, todos um bocadinho paneleiros. Ficámos nós, o grande líder, o chefe do armazém e um grupo de felizardos que amanhã não terá de fazer a volta da escola.

Almofadas e cobertores havia com fartura. Devem ser os objectos que as pessoas mais têm em excesso em casa, pois aparecem sempre aos milhares colados às desgraças. O problema foi quem dormia onde, quem fazia que ronda com quem, e quem dormia às nossas beiras.

não pode ser

porquê? é alguma regra lá do sindicato?

não, não é uma regra, isto não é o armazém, onde é regras para tudo, até para ir urinar

nós só távamos a ver se nos deitávamos

mas não pode ser de qualquer maneira

pois não, é todos em fila e no chão, depois quem quiser dormir de barriga pra cima ou pra baixo tem liberdade de escolha, e você que o que quer é festa tá praí com cantigas

não lhe admito faltas de respeito

querer festa é humano

para voltarmos ao que interessa, a Maria fica aqui ao canto com duas cadeiras a tapá-la dos outros

mas praqué que são as cadeiras? só vão ocupar espaço, e uma pessoa até se pode aleijar

é uma questão de respeito, distância e segurança

mas alguém vai fazer mal à moça?

não, mas podem tocar-lhe sem querer

por mim até pode dormir em cima da mesa

em cima da mesa não, que pode resultar num acidente

maior do que você, duvido

está a dizer que eu provoco acidentes?

não, qué um acidente.

VELHO ENTREVADO,

Já sabemos que estás melhor. O Jesus continua a enviar-nos mensagens com o teu estado clínico. Encontrou a desculpa perfeita para comunicar connosco. Cada vez que ouvimos o barulho das mensagens a cair pensamos que são meia dúzia de erros ortográficos teus à nossa procura, apesar de sabermos que não tens o telefone contigo e que mal consegues agarrar num garfo. Decidimos rebaptizar o Jesus na lista telefónica do nosso telemóvel e agora, quando cai mais, uma aparece com o remetente – Velhinho II. Fode-nos muito sentir tanto a tua falta. Não era suposto deixarmo-nos gostar tanto de ti, cão.

Sem palavras tuas, as noites na cadeira da secretária andam a ser ainda mais doridas. Começamos a duvidar da nossa capacidade para aderir à luta. Não é por ser uma coisa de pobres. As condições é que são uma miséria. Como se isso não bastasse, de cada vez que adormecemos aparece um a cheirar. Primeiro foi o grande líder. Coitadito, magrinho e baixinho como só um fuinha sabe ser e com esperança. É bom ver um homem daquela estatura confiante. Demonstra muita capacidade de negação. Torna-o sexy. Embora no caso dele nem um camião cheio de confiança nos conseguisse levar a molestar o vermelhinho.

Na segunda noite, foi a vez do chefe do armazém espreitar com a barriga e a careca. Estranho como é que alguém pode ser tão careca e ter tantos pelos a cobrir-lhe todos os outros poros que não os da cabeça. Só os pelos dos ombros davam para lhe fazer uma peruca farta. É uma injustiça.

assustei-a?
assustou, sim
não quis bater pra não acordar
acordou na mesma
belo quarto
e já tá cheio
pois, tou a ver
o chefe sempre foi muito observador
sou isso e muito mais
não duvido
não duvide, não, que nunca nenhuma se queixou
sabe cás vezes elas não se queixam pra não parecer mal
tem dúvidas?
eu tenho é sono.

Não sabemos se os homens mais velhos nos metem nojo por aquilo que nos aconteceu ou se é por serem mesmo nojentos. Um pouco dos dois, ou tudo dos dois. Às vezes, gostávamos de ter medo. De termos ficado traumatizadas. De certeza que assim não nos púnhamos a dar baile às duas e meia da manhã a um carente, em topless, grávido de seis décadas, cheio de orgulho nos ninhos de ratos que o decoram, numa sala a muitos gritos de distância da força bruta que o conseguisse tirar de cima dos nossos cinquenta e poucos.

VELHO DOENTE,

Ontem, com o sol, vieram outra vez os senhores da televisão. Conseguiram enfiar a nossa miséria nos telejornais todos, e agora o resto dos pobres país fora quer mais miséria, mais detalhes de vidas desgraçadas, histórias de mães que tiveram de fazer o gato da vizinha de fricassé para alimentar a família. Qualquer coisa que lhes reconforte o jantar em frente à televisão e lhes dê uma oportunidade para poderem dizer que há quem esteja bem pior. Sinceramente, não percebemos o que é que lhes pode interessar tanto na nossa falência. É igual à deles.

A televisão trouxe também as mensagens dos nossos fãs. A Augusta foi a primeira a dar-nos os parabéns. Disse que estávamos lindas atrás do grande líder e que tem rezado muito por nós. Fomos promovidas a uma linda audiência. O peito incha de orgulho e faz-nos grandes como não somos. O nosso querido pai também nos enviou os parabéns e a sua eterna sabedoria. Na sua mente de eterno teso sempre à cata, acha que podemos cobrar por cada vez que nos filmarem. Recebemos ainda a visita da Luísa, com pão fresco, café e um charrito roubado ao Jorge. Só ela sabe do que precisamos à primeira hora do dia. Temos saudades da Tina. Decidimos ignorar tudo o que a consultora do futuro disse sobre ela e assim que tivermos tempo vamos a outra que não nos fale da santa Augusta e veja as nossas amigas como elas são aos nossos olhos.

ESTUPOR,

A tua mãezinha continua a bater à nossa porta à tua procura. Não acredita que estejas no hospital e acha mal ainda não teres aparecido para visitar a tua tia que chegou de Angola com o bilhete que lhe enviaste. Já pedimos ao Jesus que a leve ao hospital, mas ela recusa-se. Diz que não acredita nessas mentiras nem em hospitais. Parece que lhes chama muceques dos vírus. A tua tia veio também espiolhar a nossa porta. Pergunta se lhe podes comprar uma televisão daquelas grandes e fininhas para ela levar para os teus primos. Tivemos de as enxotar com a porta na cara senão ainda lá estávamos a fazer a lista das compras.

Para quem é responsável pela felicidade material de tanta gente, devias avaliar melhor os riscos a que ofereces o corpo. Deixar-nos penduradas é de altíssimo risco, como podes sentir assim que o Tramadol deixa de fazer efeito.

A visita delas só fez azedar mais a nossa resina misturada com a ressaca que nos corrói os neurónios. Tivemos de telefonar ao nosso projecto de reinserção sexual para nos levar ao Nandos. Estamos a ficar agarradas à pólvora. Nem correr vinte quilómetros nos consegue levar à mesma paz interior.

Demos-lhe um abraço mais roçado e ele ofereceu-nos uma caixa. Em dezassete minutos descarregámos mais duas caixas, com aquela que é desde já a nossa Colt do coração. Sentimo-nos muito melhor. Como não íamos lá há algumas semanas, a primeira foi uma vergonha. O ex-cadastrado, sempre atento, ofereceu-nos um bagacito para a concentração. Custa-lhe ver as paredes furadas sem necessidade. Ao segundo bagaço começámos a respirar melhor, e ao terceiro já as enfiámos todas direitinhas, a morder a mosca.

Gostávamos de ir lá contigo. Seriam noites românticas. Nós dois juntinhos, os maus agarrados ao balcão, tu a segredares-nos dicas, a aproveitares para te chegares o mais possível, e nós a espremermos o gatilho devagarinho, sabendo precisamente onde é que elas iam morrer. Com o ex-presidiário não é a mesma coisa. Não o podemos envergonhar com as nossas séries de cinco alinhadinhas. Nem puxar pela ciumeira, quando decidimos dar tempo de antena a um pobre aspirante a criminoso que nos lançou a linha mais batida de sempre no Bar e Salão de Fogo Nandos.

queres ver a minha?
deixa tar
não custa nada
mesmo assim
tenho a certeza que nunca viste uma assim
é bem provável
e não há mais nenhuma igual aqui
a originalidade só por si vale muito pouco
nem sonhas o quê que tás a perder
acho que vou conseguir sobreviver
queres ver, atão?
já tentei dizer que não, mas tu não percebes
até podes agarrá-la
seria um privilégio
quê?
vá, mostra lá, mas olha queu não tenho nada pra mostrar

não faz mal
não querias ver?
já vi muitas iguais.

Quando pensamos nisso, ainda nos dói o ego. Mesmo sem pistola para a mostra, era escusado termos ouvido que temos cara de quem anda com um ferro vulgar na mala.

CORNITO PARTIDO,

Acabámos de chegar do hospital. Estavas a dormir e a enfermeira não nos deixou ficar à espera de que acordasses. Deve ter pressentido que estávamos ali para te molestar e disse-nos que só os familiares é que podiam permanecer no quarto quando o paciente estava a dormir. Pareceu-nos uma desculpa reles de quem não gostou de nós. A típica inveja das encalhadas que se vão cruzando no nosso caminho e já nos habituaram a ser abusadas pelo seu poderzinho. Estavas lindo, cabrão. E se não fosse a estaferma, tínhamos-te acordado a la Maria.

A Buffy está cada vez mais fodida connosco.

COQUINHO RACHADO,
Ao fim destes anos todos, começamos a adorar o nosso trabalho. Ficámos outra vez de vigília na empresa. Entrámos às três da tarde e saímos à meia-noite. Este é o horário que nos convém. Dormimos de manhã e saímos direitinhas para a noite. A Luísa e a Tina foram-nos buscar no final do turno. Sim, a Tina está de volta. Ao fim de três meses, deu por terminada a sua carreira de emigrante. Diz que tinha saudades do sol de Lisboa. Ou melhor, de Rio de Mouro. Enfim, voltou cheia de histórias e doenças por diagnosticar.

Passámos a tarde à conversa com a mocita da contabilidade, que tem a mesma largura de braços, pernas e pescoço, até ao momento em que cerca de dez mil euros em caixas de cartões de cinquenta decidiram atravessar o corredor, empurrados pela doutora, o marido e um ninja, mesmo chinês da China, vestido de preto dos pés ao garruço.

ainda bem que aparece, Maria, estamos a precisar de uma ajuda
vai levar as caixas a passear?
mais ou menos, temos uma encomenda a pronto pagamento para uma loja ali em Benfica
bela notícia
pois é, agora ajude-nos lá
só se for a levar isso pradonde veio

deixe-se lá de coisas, é uma encomenda, estou-lhe a dar uma ordem de ajuda

a sôtora não tá a querer roubar os minutos?

disparate

é mesmo

ou ajuda ou sai da frente

olhe que nem uma coisa nem outra, sôtora

esta empresa é minha e tudo o que aqui está dentro também, se eu quiser fazer uma entrega faço

a empresa era sua

Maria, olhe que eu despeço-a

isso já fez, sôtora

pois despeço-a novamente

se me despedir do despedimento, tá ma contratar

a mercadoria é minha e vai para onde eu quiser, se me apetecer até raspo os cartões todos e passo o resto da vida ao telefone

duas caixas dessas pagam aquilo ca senhora me deve do mês passado, e o resto há uma fila enorme de gente à espera pra receber

gentinha

gentinha que não rouba.

Atirou o marido e o Ninja para dentro do elevador e desapareceu a insultar as nossas capacidades intelectuais. Não percebemos como é que ela achava que ia conseguir roubar uma resma daquelas sem que déssemos por isso. Muito menos imaginamos onde é que a iria vender. Para o caso de ela voltar, agora temos dois pobres de plantão à mercadoria.

O grande líder quer juntar tudo o que tem mais valor na sala de reuniões. Vai ser cofre, camarata e sala de jantar. As reuniões passaram para o refeitório, que é o local de que os pobres mais gostam.

VELHINHO,

O Jesus disse-nos que tens estado a vomitar e a ver a dobrar. Diz-nos também que estás com problemas de memória. Os médicos dão a coisa por normal. Para eles nunca há anormalidades. Por mais absurdo que seja o sintoma, é sempre normal. De seguida, os pacientes morrem e isso também não é excepcional, porque o falecido estava com um quadro clínico anormal.

Estamos com medo de que te lembres do que aconteceu ou que aconteça uma calamidade e percas os teus superpoderes orgasmais. Medo de que o teu tipo de gaja mude e de nós irmos parar ao balde das que nem por dinheiro. Medo de que piores, morras e de nós irmos dentro por homicídio voluntário.

Confessamos que estamos a desgostar de não saber com o que podemos contar. Não queremos uma família, filhos, casa, cão, hipotecas, férias em Agosto com casais amigos, uma carrinha, uma conta poupança em conjunto, um par de anoraques iguais, uma casa reconstruída na terra, e muito menos queremos ser divorciadas a viver da pensão dos filhos. Basta-nos ter a certeza de que tu és mais ou menos o nosso homem e de que o nosso rabo é o favorito do teu coração. Estamos cheias de vontade de nos infiltrarmos no teu quarto pelos tubos do ar condicionado, mas para evitarmos partir o pescoço ou ser expulsas do hospital vamos chamar o ex-presidiário.

Não nos tem largado a caixa de mensagens com uns agregados de palavras piores que os teus. Dá mais erros do que um macaco com Síndrome de Down.

Hoje precisamos mesmo dele. No estado em que a Buffy está, o Tarzan II nunca a conseguiria adormecer. Precisa de uma dose ilegal de orgasmos.

VELHINHO,

O presidiário reformado acabou de bater com a porta, e finalmente arranjamos coragem para te dizer – és o nosso amor. Sempre foste. Desde o dia em que nos atiraram aos dois para a sala de estar da dona Paula, a nossa ama querida, que nos batia com uma toalha enrolada na colher de pau, para não deixar marcas. Ainda hoje nos vomitamos por dentro e por fora, só de nos lembrarmos do fedor que vivia naquele T1.

É muito provável que já soubéssemos que tu és o macho da nossa vida desde os dias em que te roubávamos as fraldas, mas só hoje, quando o ex-presidiário nos perguntou onde é que queríamos que ele orgasmasse, é que percebemos de verdade que tudo o que queríamos era a tua pessoa no lugar dele. Milhares de gajos nos perguntaram o mesmo, e nós sempre tivemos um espacinho novo por explorar. Milhares de molestações fizemos e nunca, até hoje, tínhamos fantasiado com outro corpo senão o que estava debaixo de nós. Mas hoje, pela primeira vez, gritámos por ti em cima de outro corno e sentimo-nos putas de felicidade. Foi como se não tivéssemos outra palavra dentro de nós. E ele tão simpático, coitadinho, tão prestável que nem se importa de responder por Velhinho. Não vamos voltar a repetir a cena para não o afugentarmos. O pobre do moço nem tem coragem de perguntar quem é o Velhinho. Se calhar acha que é algum avô, o que torna a coisa um pouco Correio da Manhã.

Tudo isto tem de ser amor.

VELHO DO CORAÇÃO,

Estamos como se tivéssemos saltado para a frente do comboio, ali entre o Cacém e Rio de Mouro, quando ele vai mesmo a dar-lhe, e tivéssemos sido arrastadas até à Portela de Sintra. A descoberta da semana passada deixou-nos putas de felicidade. O amor é do caralho. É mesmo bom, foda-se.

Passámos a semana a dormir na empresa e pedem-nos que partilhemos o que andamos a meter dentro e nos faz sorrir como umas retardadas.

Hoje estamos cá quase todos. Quando voltámos da bica do almoço, a gente pequena estava mais excitada do que o normal devido à presença da doutora. Habituou-os mal e agora, cada vez que aparece, é motivo de pânico. Se calhar tinham razão. Ver a doutora aos berros da janela a dizer que está a ser raptada é um espectáculo a que ainda não tínhamos assistido. A polícia chegou pouco depois, enquanto a gente pequena estava de volta dos fogareiros que o sindicato ofereceu.

Da janela, a doutora continuava aos berros, a dizer que a estavam a raptar e a tentar intoxicar com o fumo. O grande líder explicou à autoridade que não percebia porque é que ela estava com aquelas coisas. Ninguém lhe queria mal, e como prova de simpatia até a tinham convidado para se juntar ao churrasco, em vez de estar no escritório sozinha com o Ninja.

A autoridade pediu ao grande líder que os acompanhasse até onde estava a doutora, e o grande líder pediu-nos que os acompanhássemos também. Qualquer dia somos promovidas a directoras, como tanto queríamos. Só é pena sermos directoras de uma empresa que não existe. Nunca devíamos ter mandado o reitor da faculdade levar no ânus durante a tourada das propinas. A esta hora éramos doutoras e tínhamos meia dúzia de tangas para encher um currículo. Assim, andamos por aqui enganadas, a pensar que somos mais do que o resto dos pobres, só porque um dia tivemos a ilusão de que um diploma nos faria superiores à nossa mãezinha.

salve-me, senhor guarda

salvo-a de quê, minha senhora?

doutora

salvo-a de quê, sôtora?

desta prisão, deste tormento, destas pessoas e das que estão lá em baixo

quando diz estas pessoas quer dizer os seus empregados?

empregados que me raptaram para aqui desde a manhã

o porta-voz dos trabalhadores diz-me ca senhora entrou pelos próprios meios e só não saiu pelos mesmos meios porque não quis

esse também diz qualquer coisa

a senhora já tentou sair?

como, se eles fecharam as portas todas e puseram-se lá em baixo a trancar a saída?

lá em baixo só estão a assar frangos e bifanas. este senhor tá consigo?

é o meu segurança

tem carteira profissional, contrato?

temos um acordo informal, sou uma empresária de palavra, todos o sabem, tenho dezenas de acordos informais com várias empresas

e carteira profissional?

o nosso acordo é de consultoria

inda agora disse quera o seu segurança
é o meu consultor para defesa empresarial estratégica
nesse caso, parece-me que não há uma ocorrência a registar, e eu e o meu colega teremos de nos ausentar, se quiser, pode sair connosco
eu quero é que os prendam a todos
é preciso mais do que o seu desejo para deter seja quem for, sôtora
o senhor guarda sabe que a minha família já aqui está há muito? nós conhecemos pessoas, pessoas que conhecem pessoas, sabe?
não sabia, mas mesmo assim temos de nos ausentar
e eu fico aqui raptada?
se não tem mais nada pra fazer.

VELHINHO DO CORAÇÃO,

Somos as cabras mais sortudas do mundo. Vais receber alta do hospital e dar baixa lá em casa. Não sabemos se havemos de te molestar até à medula, correndo o risco de te provocar um ataque, ou se vamos fazer a coisa aos poucos, membro a membro, de mansinho, até chegarmos ao membro final. Estamos famintas, ficas avisado por escrito. O nosso caso devia ser considerado calamidade humana com direito a ajuda internacional.

Os médicos dizem que precisas de repouso absoluto. Pelos vistos, os traumatismos cranianos demoram a sarar. Partimos-te mesmo os cornos. Assim que nos pedires desculpas pelo crime cometido, prometemos aceitar e dedicar-nos à tua dor como tua enfermeira pessoal.

Já pusemos a televisão no quarto. Vamos ver quem é que nos empresta uma PlayStation. Também avisámos na empresa que temos de meter uns dias. O direito de assistência médica à família é universal, e inclui aqueles que foram despedidos mas teimam em não concordar com isso. O grande líder, que, sem nós percebermos como, parece que se tornou o novo patrão, deseja-te as melhoras. Não deixou de pedir para fazermos alguns turnos e que estivéssemos disponíveis para ir a algumas aparições televisivas e a umas reuniões da mais alta importância. Agora, a Segurança Social acordou e quer conversa.

Fode-nos muito esta nova carreira de gaja boa de pano de fundo. Mas, para já, é tudo o que temos.

CABRÃO, FILHO DE UMA vaca louca e de uma matilha de rafeiros sarnentos,

Tu julgas que isto é a casa da tua mãe? Pois estás muito enganado, e o teu irmãozinho Jesus pode voltar para a barraca da tia, que está lá muito bem. Não queremos saber se a barraca tem espaço ou deixa de ter. E não venhas com conversas que na vossa família é diferente, que onde dorme um dormem meia dúzia deles, que nós não somos da tua família nem estamos em estágio para ser.

Vamos sair para não sermos forçadas a atirar-te janela fora atrás do vaso. É bom que o estupor já cá não esteja quando voltarmos. Vão os dois corridos à panelada, paneleiros.

ESTUPOR,
Viemos dormir à empresa. As vantagens de um acampamento de luta são infinitas.

Não nos sai da cabeça a imagem da tua pessoa a sair da ambulância agarrado ao Jesus. Qual foi o neurónio que te disse que era boa ideia trazê-lo a reboque para nossa casa? O nosso ódio à peçonha continua infinito. O que quer dizer foda-se daí para fora e já. Não percebemos como é que tu só dizes que vai ficar tudo bem. Tudo bem os colhões. Como é que pode ficar tudo bem se não conseguimos ter uma relação a dois? Tu podes falar, sabias? Estamos no século XXI. Os homens também têm sentimentos, e falar deles não faz de ti veado. O mesmo não se pode dizer de quereres viver com esse filho de uma cabra e três mil cabrões. Só pode ter sido a mãe que o ensinou a atacar tão bem.

Temos um pressentimento de que tu não percebeste que ele tem mesmo de se pôr nas putas. Mais uma vez te avisamos de que a tua incapacidade de processar desejos nossos pode ser fatal. Olha que às vezes há tremores de terra por baixo das escadas do nosso prédio.

VELHO,

Esperamos que tenhas dormido mal. Às cinco da manhã demos alta da cadeira do acampamento de luta. Viemos pedir refúgio à cama da Luísa. Azar. A Tina chegou primeiro. E, do outro lado da Luísa, o Jorge tentava não cair da cama, entalado contra a mesa de cabeceira. Não fizemos perguntas. Não nos foram oferecidas respostas. Felizmente, chegámos muito para lá do fim da festa. Ainda não conseguimos perceber se ficámos com nojo ou com inveja. A verdade é que a Tina está cada vez mais boa, todas o sabemos. E não deixa de ser corajoso da parte da Luísa enfiar-se na cama com ela, antes que o Jorge o tentasse fazer sem ela. A Tina sempre nos disse que não acredita em respeitar propriedade alheia.

São seis e meia e ainda aqui estamos, agarradas ao papel. Sentimos falta do Tarzan, da nossa cama, e do teu corpo. Cão, que dormias tão bonito.

VELHO,
A Buffy está putíssima connosco por tua causa. E o pior é que nós a percebemos bem, cabrão. Não conseguimos começar um pensamento que não seja contigo ou sobre ti. Temos receio de estar a ficar taralhocas por ti.
Vale-nos o diagnóstico da Tina, que diz que estamos é a chocar uma depressão. Ainda bem que não temos dinheiro para isso. De outra forma, já estaríamos afogadas em Valdoxans. E apesar de estarmos com paciência negativa para os problemas da Tina estamos contentes que tenha voltado e que não esteja a planear partir em breve.
foi assim tão mau?
mau, mau, não, as primeiras semanas até foram mesmo à maneira
e as últimas?
as coisas complicaram-se com o patrão
dás-lhe o cu e esperas o quê?
ninguém lhe deu o cu
de certeza?
até dei, mas não foi logo à primeira
tavas à espera de quê, atão?
que desta vez fosse diferente
nunca é diferente, dói sempre
até podia ser, ele tava apanhadinho

que idade é que tem?

o problema foi mais a mulher do que a idade, mas a idade dela tamém não ajudou lá muito

tava em mau estado?

nada, pita e boa

masele era mesmo casado?

plos vistos

filhos?

alguns

quantos?

não sei, uns por lá, outros por aí

desatino grave?

sim, a culpa era toda minha, eu é que me cheguei a ele

mas foste catada?

uma manhã, depois de fechar, ela passou no bar pra tomar café

e?

e eu estava em cima de uma mesa, com ele por baixo

deu cais do sodré?

e porrada, no último mês era quase todas as semanas, fazia-me esperas quando conseguia ca mãe dele ficasse em casa a tomar conta dos filhos

e ele?

ele não dizia nada, pra não apanhar tamém

é no que dá não discriminares.

HEMORROIDA MONGA,
São três da tarde e já telefonaste pelo menos vinte e duas vezes. As tuas treze mensagens também estão por abrir. Não nos sentimos capazes de comunicar contigo. Nem por meio interposto. Sim, podes dizer que estamos fodidas da vida e de todas as outras passadas e futuras. Ontem passámos aí na rua e vimos-te a fumar um cigarro com o Jesus à varanda. Calculamos que isso ainda esteja a ser um acampamento duplo e que os teus telefonemas não sejam para dizer que ele já foi com o caralho mas para nos convencer de que como irmão mais velho não podes abandonar o teu meio-irmão no meio da rua e que podemos viver os três felizes para sempre.

Opções para que deixemos de ficar fodidas:

1. Ir a casa acabar tudo contigo e pôr-vos de volta no sítio de onde nunca deveriam ter saído – a rua ou, no vosso caso, a barraca;
2. Pedir a um dos nossos fãs que te atropele, em troca de muitas molestações;
3. Pegar fogo à casa logo à noite;
4. Pedir ao Nandos o .38 emprestado por umas horas e treinar tiro aos manos;
5. Convidar a Tina e a Luísa a amarrar-vos aos dois e deixar que elas molestem o Jesus até à última batida cardíaca enquanto

nós te molestamos com todo o ódio e a ressaca de todos os orgasmos roubados;
6. Deixar que fiques em forma e telefonar à polícia assim que te soubermos em flagrante;
7. Voltarmos para casa dóceis e sorridentes para vos fazermos uma sopinha de cenoura com natas e Ratax;
8. Esperar que vocês adormeçam hoje à noite e depois sair de fininho, deixando os quatro bicos do fogão abertos;
9. Pedir ao ex-presidiário que não dê de comer à Besta por umas semanas e depois oferecer-vos como banquete;
10. Contratar o ex-presidiário e uns amigos da mesma rua para que vos deem um enxerto de porrada à antiga. Daqueles que deixam marcas e problemas na fala.

As penas possíveis são tantas e tão boas que se calhar até podem ser múltiplas.

Não sabemos se é por isso que hoje não paras de ligar, mas faz hoje catorze anos que te molestámos pela primeira vez. Na falta de um dia oficial, este sempre foi o nosso. Tínhamos futuro na molestação ao ar livre. E tínhamos tantas outras coisas, se tu não estivesses sempre a pensar se as barracas da família têm todas muamba na mesa, no trabalho, nas clientes, nos teus irmãozinhos bastardos, nessas merdas todas que te impedem de ser o criminoso escroto que era suposto teres crescido para ser.

VELHO À ESPERA DE SENTENÇA,

A reunião, a mãe de todas as reuniões, que nos fez abandonar o conforto da falsa depressão nas masmorras do maple da Luísa, era com a direcção da Segurança Social. O resultado final prático foi uma feira da ladra espontânea. Algo inesperado, para quem como nós só agora começou a frequentar os círculos da alta pobreza.

Antes de a feira se instalar, passámos horas a discutir, ou melhor, os pobres passaram horas a discutir o que fazer à vida. Nós mantivemo-nos de cara alegre, a acenar que sim e a fingir que tomávamos notas. Se calhar devíamos ter tomado mesmo, mas como só nos pediram para sorrir e ser boas, achámos que já estávamos a fazer mais do que o necessário com o nosso ar interessado. O que não deixa de ser verdade. Interessa-nos saber se sempre vamos receber o que nos é devido. Com o que foi dito e desdito, não nos parece. A Segurança Social é o maior credor da empresa. No último ano a doutora esqueceu-se de fazer os pagamentos ou, nas palavras dela, pensava que a contabilidade estava a fazê-los. E foi também a SS que pediu a falência da empresa, para poder penhorar aquilo que eles julgavam que seria o suficiente para verem o seu. Como não chega, agora já não sabem o que fazer. Tivemos de reprimir a gargalhada quando vimos o quão fodidos estavam os senhores doutores ao perceberem que não só não vão ver o seu como ainda vão ter de nos pagar, ao terem obrigado a doutora a declarar falência. O Estado em toda a sua omnipotência de vez em quando fode-se.

Se quem está à frente de todas as outras reuniões que desgovernam esta nação tem o mesmo nível de retardamento, este país vai fechar as portas muito em breve. Perguntamo-nos o que é que acontecerá se o país fechar. Será que somos todos despedidos e obrigados a abandonar as imediações nacionais, em fila, a pé, com as nossas coisas numa caixa de cartão gigante?

Do outro lado da mesa, a doutora fez o possível por explicar a todos que, apesar de ela ser a directora-geral, nada do que foi mal feito foi responsabilidade sua. E as sábias decisões já se sabe a quem é que devemos agradecer. Começamos a achar que a doutora pode ter planeado isto há muito. Como a família nunca a deixaria pedir falência, fez tudo o que pôde para que alguém o fizesse por ela. É um génio. Deixa os trabalhadores e os fornecedores a arder, evapora-se com o dinheiro e ainda tem uma história da carochinha para voltar à mesa do clã como a grande vítima da SS.

Para quem tinha as expectativas mais aborrecidas deste tipo de ajuntamentos, ficámos surpreendidas com tamanha animação. Os senhores da Segurança cada vez menos Social a quererem o que lhes é devido, e a doutora a alegar que é uma directora exemplar, que teve apenas o azar de se ver rodeada por incompetentes e vigaristas, como é o caso da dona chefe da contabilidade, que não fez as retenções na fonte. Ainda deixou cair que não sabe o porquê, mas que não se admirava se ela tivesse motivações criminosas. Foi o festival da Eurovisão da roupa suja. A dona chefe da contabilidade só não arrancou os cabelos da doutora com o minissalto da sabrina porque o grande líder a atirou para dentro do autocarro. Sim, fomos de autocarro. O grande líder achou que era a melhor forma de demonstrar como estamos determinados em cortar nas despesas. Uma vez pobres, mais pobres ainda.

Para fechar a reunião ao grande estilo da ciganagem, depois de todos os insultos e ameaças, um dos directores da SS pôs em cima da mesa uma saca de Pandoras falsas. Deve ter feito mais de quinhentos em quinze minutos. Havias de os ver. Os machos eram os piores. Quando perceberam que podiam adquirir, quase de graça, baldes do que lhes está a arruinar o orçamento familiar, abriram os bolsos e enfiaram lá dentro tudo o que conseguiram. A grande semelhança entre uma Pandora falsa e uma verdadeira é que são ambas horríveis.

Ficámos com o contacto do director das Pandoras falsas. Diz que precisa de revendedoras. Não conseguimos subsídio de desemprego mas o mundo dos berloques copiados ou gamados pode estar a escancarar-se à nossa frente.

OCUPA,

Os teus telefonemas e as tuas mensagens estão a rarear e tememos que vocês se estejam a habituar. Antes que transformem a nossa casita numa barraca, com primos a dormir colados ao tecto e uma tia a bater mandioca na sala, vamos voltar, decididas a expulsar o Cristo do nosso antro.

Estas noites na Luísa deixaram-nos sem um pingo de empatia por outros seres humanos. O colchão é horrível e a Tina ressona mais alto do que vocês dois juntos. Diz que é por ter a língua grande de mais.

isso explica muita coisa
tás-ma chamar linguaruda?
não disse nada
mas podes dizer, sé isso cachas
é muito grande?
não sei, não medi, o médico é que me disse
masé tipo língua de vaca?
vaca é a tua mãe
e não tem uma língua tão grande como a tua
é só grande, mais nada
o que só por si já é qualquer coisa
há quem goste muito

não duvido
tomara tu teres uma língua tão concorrida e famosa
achas co sucesso do teu oral tá no tamanho da língua?
nunca pensei nisso
sé verdade, qualquer dia descobrem e começam praí todas a fazer aumentos de língua
mas não têm a minha técnica
nem as horas de treino
tás-ma chamar vaca outra vez?
só disse que tens muitas horas de prática, é mentira?
eu ao menos não tenho vergonha dadmitir que nasci prò oral
é uma dádiva que Deus te deu.

VELHINHO COM DINHEIRINHO,

Foi bom chegar e não vos encontrar. Temos problemas muito mais negros com que nos preocupar. A conta do cartão de crédito está para cair. Cairá no vazio da nossa conta Plus Debts Fuck.

O senhorio continua a rondar. Já cheirou que só temos dinheiro para mais um mês. Deve achar que é agora que vamos engolir o seu charme estafermo. O mundo seria um local muito mais vivível se só existissem senhorias.

CORPO QUE OCUPAS a nossa cama e não nos dás nada em troca,
Foi bom ver-te a entrar em casa sozinho. Conversar ao teu colo foi melhor ainda. Uma simples festa no couro cabeludo deixou-nos disponíveis para tudo o que quisesses fazer de nós. Pena que não possas fazer nada. Estávamos quase a adormecer agarradas a ti quando o telefone tocou e tu tiveste de atender. Mais uma vez, era o queridinho do retardado do teu irmão a interromper. Explicámos-te devagarinho que não temos casa nem cu para levar com ele. Tu até parecias estar a perceber, quando começaste a inventar.

e sele pagar?
pagar pra ficar cá em casa?
claro, se não for aqui vai ter de pagar noutro sítio qualquer
e porquê quele não vai prà barraca duma tia ou assim?
barracas já não são a cena dele
se a mãe sabe fica desapontada, tá mais finório que muitos branquelas
ela agora tamém tem uma casa
e quanté cachas quele pagava?
aquilo que quiseres
uns trezentos, quatrocentos?
issé caro
a casa é quase nova e não tá numa zona muito má

a zona é em grande, tenho um monte de primos que tão muita bem e que moram por aqui
afinal é bem pior do queu pensava
eu falo com ele, atão
e ele fica onde?
onde quiseres
mas ele tem de limpar
limpar, limpamos todos
e não há cá gajas em casa
quais gajas?
primas, tias, mães, namoradas, amigas, colegas, clientes, putas
claro que não
olha queu tou a falar a sério, sapanho aqui uma freira que seja, vai pela janela co Jesus às costas.

VELHINHO,

Não conseguimos perceber se estamos horrivelmente felizes por te ter a viver connosco, ou se fomos comidas pela condição de o cabrãozinho do teu irmãozinho poder montar acampamento no chão da sala. Valha-nos ao menos que a metade que ele vai pagar seja cento e vinte por cento da renda.

Não foi isto que imaginámos para o nosso futuro. Ontem, enquanto te tentávamos molestar com toda a gentileza, sentimos que o Jesus estava a espreitar. Decidimos ignorá-lo, devido à fome com que estávamos e ao desapontamento da tua performance. Se para vocês é natural, para nós não. Molestações em grupo, sim. Com mirones, não. Achamos até um pouco nojento. Achamos também que tu reparaste, mas como estavas com um problema maior entre as pernas preferiste continuar a ignorar as duas questões.

Velhinho, não passa nada
passa, passa
tás a borregar outra vez
não tou nada
tás só pouco contente de nos ver?
não digas isso que só pioras
não há mais nada pra piorar
em vez de tares praí a dizer mal, podias masé ajudar

inda não fiz outra coisa
plos vistos não fizeste lá muito bem
era suposto seres prò
não tenhas dúvidas
nem orgasmos
tamém queres sempre a mesma coisa
deixa tar, atão, podemos só adormecer agarrados
podemos parar?
claro que não, foda-se
atão ajuda
isso já não dá nada
tem de dar, sempre deu
e achas qué hoje?
és capaz de taguentar?
mais quantos meses?

FROUXO,

Não sentimos remorsos pela tua inutilidade. Mesmo considerando que possa ser um efeito secundário da porrada na cabeça. Tu és um profissional habituado a desempenhar a tua função debaixo de estafermas com três queixos. Fomos insultadas na nossa boazice. Se queres borregar, vai borregar com outra. Vamos fingir que não foi nada connosco e distrair-nos com os dramas dos pobres que nos rodeiam.

Ontem, o grupo responsável pelas compras estava no hiper a roubar febras e carvão quando foi abordado pelo Ninja. Dizem que os insultou, a ver se alguém se picava. Como não lhe deram ofensas de volta, pôs-se a barrar o caminho e a golpear o oxigénio, enquanto improvisava uns sons de filme chinês de porrada. Ao desnível que a doutora chegou. Enviar o Ninja humilhar três adultos, que têm de trazer as promoções do dia escondidas dentro das cuecas e dos soutiens para poderem almoçar, é muito baixo.

Os destacados acobardaram-se e mantiveram a calma. Até que, quando a doutora chegou hoje por volta das onze, rodearam-lhe o jipe e obrigaram o chininho a sair para se identificar. O detalhe de o Ninja ter sido arrancado pela janela passou a ser o momento histórico na luta. Sentem-se os melhores sacadores de Ninjas pelos colarinhos. Quando chegámos, estavam com um discurso que mais parecia a guarda a exigir ao Ninja que mostrasse os documentos. Ele ou não os tinha ou anda por aqui ilegal. Seja como for, agarraram-no e fecharam-no na rua. A doutora tentou exercer a sua autoridade em vão. Levou com umas bocas insultuosas e retirou-se das conversações.

MONGE,

Como ainda nos sentimos insultadas na nossa boazice, vamos continuar a ignorar-te. Só serás perdoado quando nos conseguires dar muitos e múltiplos, muitas vezes seguidas.

A Segurança Social vai anunciar para a semana as suas intenções e é de esperar o pior. Decerto vão penhorar todo o tempo que temos em stock. Mais tudo o resto que está barricado na sala de reuniões.

O grande líder apareceu com uma ideia que poderia ser confundida com um balde de merda, mas como é o enviado do sindicato à Terra tivemos de o ouvir até ao fim. Quer criar uma empresa mais pequena com os trabalhadores como accionistas, comprar a empresa, ou melhor, comprar um camião de dívidas, trabalhar, trabalhar ainda mais para pagarmos tudo o que devemos a nós próprios, e depois vender. Vender por muito. Na reunião passada, anunciaram que quem quiser trabalhar na nova empresa para poder receber aquilo que lhe é devido pela empresa antiga tem de entrar com capital. De notar que não disseram dinheiro mas capital. Chegam as maracutaias e as tangas começam logo a voar das bocas da ciganagem.

Tesíssimas porque não nos pagam, não vamos poder receber o que nos devem porque não temos dinheiro para isso. É a chamada dupla penetração.

INQUILINO MOLE,

Começamos a gostar do Jesus. Quando chega tarde, não faz barulho. Paga a horas, com notas novas. Às vezes cozinha, outras vezes traz comida, a pensar que não é filho único. Não planta pelos pela casa de banho, e nem o temos sentido a espiar a meio da noite. Não que haja o que espiar. Tem sido uma tortura. Mais uma prova de que vocês não podem ser o sexo forte é que nós mulheres nunca borregamos.

Vamos tentar aguentar mais uns dias em jejum, mas começamos a achar que isto nos está a fazer mal à saúde.

FROUXO,

A primeira coisa que fizemos assim que chegámos ao local de desemprego foi googlar se a falta prolongada de orgasmos pode ter efeitos nocivos. A lista de maleitas é infinita. Isto está a tornar-se um caso clínico crónico. Tem de haver uma droga legal para este tipo de doença. Se não há, o que é que as farmacêuticas andam a investigar? Imagina tomares uma pastilha e a seguir começares a orgasmar. É a ideia do milénio, só pode.

Devíamos ter ido para Farmácia, devíamos não ter chumbado a Físico-Química por faltas, devíamos ter sido avisadas de que quem se balda à escola ou vai para ministro ou então está fodido.

VELHINHO,

Raptámo-nos a caminho de casa. Saímos da empresa, apanhámos o comboio e vínhamos a convencer-nos de que temos de ir correr. As desculpas das últimas semanas fizeram-nos engordar três quilos. Mais do que os hidratos de carbono, os açúcares e as gorduras, no fim, são sempre as tangas que engordam mais.

Quando demos por nós, já estávamos na estação da Luísa. Jurámos que ainda voltávamos a tempo de ir correr. E, se a corrida corresse bem, fazer o jantar. Há uns vinte e nove anos que não cozinhamos. Temos de conseguir ultrapassar esta alergia às panelas, este terror de nos tornarmos a nossa mãe. Não é um avental que vai fazer de nós sopeiras. A merda é que um gajo que se chega ao fogão é um homem moderno, e quando uma Maria agarra numa colher de pau o máximo a que pode aspirar é vir a ser uma Padeirinha. Até a História, que devia estar do nosso lado como palavra fêmea que é, nos fode.

A Luísa e a Tina estavam a degustar uma saca de smarties esquecida pelo Jorge, de frente para uma tragédia com gente famosa ou que gostaria de ser, enquanto discutiam as hipóteses de a Tina estar grávida. E são muitas, tendo em conta que não tem o período há vários meses, que todos os testes que fez deram positivo e que lhe deu para abrir o dia a vomitar, quando a especialidade dela é vomitar antes de se deitar para excomungar a ressaca. Se estiver grávida, o feto tem seguido uma dieta riquíssima de álcool e estupefacientes. Até pode ser que saia um génio, se conseguir sair com mais de quinhentos gramas.

A Tina gosta tanto da ideia de criancinhas como nós de ti frouxo. Diz que a irmã acabou de ter um que é um estupor. Não dorme, não come, berra como um bezerro, só lhe dá rugas e hérnias. Tentámos explicar-lhe que nem todas as crianças são umas bestinhas e que a maior parte das vezes só reflectem os pais. Ela ficou a olhar, perplexa com tanta sabedoria. Nós também. Devemos ter lido esta pérola de maternidade numa das Marias que apanhamos no comboio. Diz ainda que a irmã, de tanto forçar a mama na boca da criancinha, não aguenta sequer o toque de uma camisola. Pelos vistos, não sai de casa, que é para não ter de se vestir. Anda do quarto para a cozinha, a arejar as mamas em sangue em perigo de explosão láctea constante. Compreendemos que para a Tina isto esteja a ser uma experiência traumatizante. A pobre da irmã só se queixa, a bestinha não se cala com a choradeira e o marido, pelos vistos, arranjou umas horas extra para fazer mais algum e para chegar a casa ainda mais tarde. Combinámos fazer uma t-shirt a dizer "Dar de mamar é escravatura", se ela por algum engano chegar a parir o feto mais alcoolizado deste lado da linha. Escusado será começar a conversa de quem é o pai. Se nascer, será mais um filho do espírito santo, visto que é um desafio sobre-humano fazer a Tina lembrar-se de quem é que molestou há três meses. Mais fácil seria seleccionar quem não molestou.

VELHITO,
São seis da manhã e fomos empurradas para fora da cama da Luísa pela Tina. Quando estávamos decididas a voltar para os teus abraços, a Luísa resolveu juntar-se à conversa, para infelicidade da Tina, que já se estava a fazer a outra garrafa de branco. Nós, com medo de que elas acabassem à garrafada, decidimos dormir no meio das duas.

um filho pode ser uma coisa muita bonita
se for um estupor comó da minha irmã, é mais uma tragédia
a culpa não é deles
é dela, queres ver?
a maior parte das vezes é mesmo
dá-lhe mama até sangrar e achas pouco?
amor não é só mama
pois não, é tar de volta dele de três em três horas sem meio minuto pra respirar a meio
é só uma fase, eles depois crescem
sim, o problema de dar de mamar é bom que passe, senão é capaz de ser um problema ainda maior
há quem dê de mamar durante muito tempo, cada vez mais dizem que faz muito bem às crianças
às crianças que querem ser clientes cartão do psiquiatra?

tu nem sabes a sorte que tens
se queres tanto um filho, porqué que não fazes um?
os filhos não se fazem a correr
comé que sabes?
é preciso calma, tempo, vida pra ca sementinha pegue
ó Luísa, sementinhas e passarinhos, o caralhinho
olha ca criança pode ouvir
eu falo como eu quiser, caralho, e é só um feto nojento
tens razão, tens razão, só tu é que sabes
quem vai ficar com ele agarrado aos braços sou eu
um filho não é um fardo
mas gasta dinheiro
não gasta assim tanto
eu nem prò aborto tenho que chegue
eu, se tivesse, emprestava-te
eu sei, Maria, obrigada
não se faz, uma bênção tão grande, e ainda pra mais o primeiro
a esta hora já podia ter tido meia dúzia
e qué que lhes aconteceu?
aconteceu que tinha dinheiro e fui a casa duma senhora que cancelava tudo
sozinha?
não, com dores de morte.

VELHO,

Perguntamo-nos se estamos a ficar velhas e se a nossa velhice pode ter influenciado a tua falta de irrigação na glande. Não pode. Velhas é o que tu fazes mais. Por outro lado, o que te pode fazer performar pode ser o dinheiro. Se pensas que te vamos pagar, estás retardado de vez. Já ninguém é velho aos vinte e nove há muitos séculos, cabrão que nos fazes duvidar da nossa boazice.

Ignorando-te e à nossa velhice precoce também, seguimos em frente para problemas que nos abalam de verdade. A Segurança Social colocou a sua maquilhagem mais putéfia e chegou a um acordo com o alto comité. Adiaram a penhora para que o grande líder, o Pedrito, o chefe do armazém, a senhora dona chefe da contabilidade e todos os outros que tiverem dez mil, cinco mil ou mil euros para comprarem acções da nova empresa se estabeleçam, paguem o que a doutora nunca sonhou pagar e recuperem o que lhes é devido. O prazo é de boa-fé. O Estado não se importa de esperar, sabendo que vai receber. Ganha sempre esse senhor, que parece de bem mas não é.

Quem não tem como ser accionista é convidado a fazer-se à vida ou ao centro de emprego mais próximo. Ainda não percebemos como é que podemos ser despedidas duas vezes da mesma empresa. Uma vez por falta de trabalho, outra por falta de dinheiro. Somos violentadas em gangue e nem podemos fazer queixa.

Quinze caixas daqueles minutos são nossas, sempre foram, e com juros ainda são mais. E agora, por sermos tão pobres como os outros pobres, não lhes podemos tocar. A gente pequena está anã de raiva, nós incluídas. Por momentos, vimos a doutora no corpo do grande líder, quando ele começou a discursar à hora do almoço no refeitório. Ao seu lado, de sorriso branquíssimo, estava o Pedrito. O pai deu-lhe dinheiro para se vingar da irmã e para limpar o esterco em que o nome da família tem andado a dançar. Estava mesmo contente o estuporzinho.

Maria, temos de ir comemorar
comemorar o quê?
o renascimento da empresa
é uma alegria
juntos vamos fazer o que nunca alguém sonhou fazer
neste caso, é sozinhos
não se vai juntar a nós?
não tenho dinheiro pra continuar a trabalhar aqui
compra menos acções
não tenho paizinho
mas temos de ir comemorar na mesma só os dois
dessas comemorações tamém tamos dispensadas
tem de ser, Maria, vou casar daqui a doze semanas e ando a fazer a despedida de todas as grandes mulheres da minha vida
Pedrito, vai-te foder
sempre arisca, está com aquela coisa das mulheres?
fúria? raiva? ódio?
aquela indisposição das hormonas?
se não te calas, levas com uma hormona no olho.

No fim da sessão, o grande líder deu-nos três dias para decidirmos se queremos fazer parte da nova empresa.

Saímos com o resto da gente pequena em direcção ao autocarro. A maior parte não vai voltar. Por momentos, ainda acreditámos que desta vez ia ser diferente, que tínhamos direitos, que iria ser feita justiça, que lá por sermos pobres não íamos ser os molestados mais uma vez. Mas a canção do mexilhão não tem remake. O grande líder é a nova doutora. Menos polido, com um perfume que custa a acreditar que possa ser vendido como tal e sem qualquer tipo de verniz. Nem os pelos do nariz o homem tira. Deve achar pouco macho.

VELHINHO MILAGREIRO,
Mil vezes aleluia. Aleluia mais uma vez. Obrigada, Senhor, apesar de sabermos que não passas da mãe de todas as tangas.
Estás de volta, caralho. Foi a molestação do milénio. Ainda não conseguimos acreditar. Muito menos andar. O teu trabalho de equipa com o Tarzan II redefiniu o que é um jogo a pares. Esvaímo-nos em quíntuplos. Não sabemos se foi da fome, se do teu talento. Até o céu da boca nos arde. Viva a gula. Nós sabíamos que havia razões múltiplas para andarmos a levar contigo estes anos todos.
O Senhor seja louvado, foda-se.

QUERIDO VELHINHO,

Obrigada por compreenderes a injustiça da situação. E obrigada, mais ainda, pela ideia criminosa. Estás quase perdoado.

É verdade que, se nos querem roubar, temos todo o direito de os roubar primeiro. É uma forma de defesa pessoal. Anulamos o crime cometendo-o primeiro. Só os teus neurónios de preto é que poderiam chegar a uma conclusão destas. Ainda não percebemos como é que vamos escoar o produto, mas, se tu dizes que tempo é a mercadoria que toda a gente quer, vamos fazer fé em ti. Já nos estamos a ver a vender numa esquina, de olhar distante, com um pé na parede, a perguntar com enfado:

quantos minutos é que queres?

uns cem

cem é dez

como é que tá hoje?

do melhor

a semana passada vinham surrados

acontece

ao menos hoje saca-me uns cheiinhos, pra compensar

cheiinhos são todos

são mesmo mega?

da nossa colheita privada

dá-me mais cem, atão
duzentos é vinte
e a atençãozinha?
não te metas nisso, ca atenção tá cara de mais.

LADRÃOZECO DAS NOSSAS VIDAS,

Como combinado, fomos ao quarto do nosso ex-presidiário pedir-lhe que cantasse o hino do criminoso ao Nandos e pelo caminho nos dispensasse uns ferros em promoção. As cunhas entre os maus abrem muitos cofres. Recebeu-nos o seu parceiro de beliche. O nosso ex-presidiário, afinal, já não o é. Deixou-se entalar na janela minúscula de um talho lá para o Algueirão Velho e não voltou para o jantar que tinha combinado com o parceiro. Diz que o talhante chegou de manhã, viu meio homem dentro da loja ao lado da cabeça de vaca empalada e, em vez de ter misericórdia de quem tem de roubar para conseguir uma perna de cabrito, telefonou à guarda. Vivemos rodeadas de autistas e ninguém medica esta gente. Se custava alguma coisa passar um bocado de sebo no moço e deixá-lo voltar para casa sem circulação nem calças nas pernas. Um homem que passa uma vergonha daquelas está mais do que punido. Diz que não comia cabrito desde que tinha sido agrafado da primeira vez, há mais de três anos.

Agora temos nós de ir ao Nandos sozinhas. Se fosses mais criminoso, saberias a quem telefonar, mas tu tinhas de ter dado em civilizado. Mais uma vez é a Maria que tem de fazer acontecer o milagre. O Nandos é conhecido por não fazer negócio com desconhecidos. Não é que seja o nosso caso, mas também não podemos dizer que a nossa história com ele venha muito lá de trás.

Ainda temos dúvidas em relação a incluir o Jesus na Operação Tempo Roubado. Preferíamos que fôssemos só nós os dois, porque nós é que é nós. Percebemos que é uma operação melhor se for feita a três, mas não o devias ter convidado sem nós termos aprovado a ideia. Se é mesmo necessário mais um, a Luísa ou a Tina podem fazer a coisa. Questionamos a verdadeira desonestidade do Jesus. A especialidade do homem é dar ilusões de amor, não é o gardanho. E, se tiver de puxar o ferro, achas que ele tem dedos para afagar o gatilho? Temos dúvidas. Já para não mencionar que, se tiver de o fazer, será contra um alvo de carne e osso, possivelmente em movimento ou estado de lástima. Tudo coisas que podem deixar um homem nervoso. E nós detestamos inquietações. Podemos não ter um currículo vasto na área, mas temos a certeza de que com duas ou três sessões de aquecimento conseguimos pô-las no olho do cu de uma mosca a cem metros, e com vento.

VELHÃOZÃO,

Desculpa termos desmaiado ontem à noite. Andamos mal habituadas e este corpinho parece não aguentar a fama que lhe deu nome. Estavas incansável. Por momentos, pensámos que teríamos de deitar a toalha ao chão e, pela primeira vez nas nossas vidas, pedir clemência antes de tu o fazeres. Só não o fizemos porque atingimos o ponto analgésico e mais nada sentimos. Não foi uma decisão sábia, como hoje o podemos sentir. Estás de volta, nosso preto. Grande. Muito grande. Somos a cabra mais feliz do Universo. Nada mais interessa. Queremos muito viver juntinhos para sempre numa vivendazinha baixinha de um subúrbio qualquer com um quintal cheio de filhinhos escarumbitos, enquanto nós fazemos mais meia dúzia no quarto, de porta fechada, com os berros a fugirem pelo buraco da fechadura. Por uma noite assim todos os dias, vamos ao hiper pedir trabalho. De bom grado seremos a tua dama, mesmo que isso implique tornarmo-nos uma sopeira. Se for preciso, até casas fazemos. Tudo para passarmos o resto da vida a cavalgar esse corpinho castanho, fonte de muitos e múltiplos.

Aleluia. O Senhor veio-se connosco.

Se calhar devíamos ir a Fátima. E se calhar também devíamos repensar a Operação Tempo Roubado. Só de pensarmos que podemos estar a pôr em risco a nossa liberdade e, por consequência, a privarmo-nos da tua existência, é o suficiente para nos fazer desistir de tudo já.

nem pensar, o dinheiro é teu, temos dir lá buscá-lo

e se corre mal, Velhinho?

tás a falar de quê?

de dar azar

azar só dá aos brancos

como eu

tu és a dama de mulato, tá-se bem

até podemos ir dentro

vamos masé ficar ricos e ir de férias qué o que tu tás a precisar, sol, praia

preferia ser pobre com uma molestação por noite, todas as noites, prò resto dos nossos dias

tá prometido, e de manhã tamém

podíamos assentar

assentamos, masé com o rabo cheio de dinheiro

arranjávamos trabalho, fazíamos uma festa bonita, tínhamos filhos, comprávamos certificados de aforro

o qué isso?

uma coisa que já não se usa

o único trabalho que há praí é o de procurar o trabalho que não há

só não quero ir dentro e ficar longe de ti

eu sei, mas tamém não podemos deixar queles te roubem, é que depois de roubada não há nada a fazer, eles nunca vão dentro

mas se der merda fugimos praonde?

só paramos no Cazombo

ondé qué o Cazombo?

não sei, masé longe.

VELHO ESQUECIDO,

Não te dissemos, mas a semana passada foi o grande jantar de despedida dos despedidos, a cinco euros por cabeça e bebidas oferecidas pela casa. A casa em questão foi o Pronto a Comer Marcelo, logo à saída do túnel da estação. O próprio do Marcelo é primo do grande líder e já não é a primeira vez que contribui para a luta com as suas gorduras tradicionais. Engordou-nos com lombo de porco, batata assada e salada da casa. Quem não come porco teve direito a uma dose extra de batatas. Felizmente, não era um grupo dado a gostos. A maioria desconhece que há quem não coma isto ou aquilo por razões religiosas ou outras igualmente ridículas. Vêm de casas onde só não se come o que não há, o que é um menu extenso.

A meio do jantar, o grande líder, ladeado pelo chefe de armazém e pela dona chefe da contabilidade, oficializou o fim da Tempus e o início da Tempus Unidos. Não sabemos quantos pobres vão fazer a transição dos quadros, visto que ninguém queria admitir que não tinha dinheiro para pagar o jantar quanto mais para comprar acções da Tempus Unidos. Segundo dizem, estão todos a pensar no assunto, a pensar que se já se tivessem feito à vida a esta hora estariam nos primeiros lugares da lista de espera do centro de desemprego. Assim vão bater com os perfis às novas oportunidades de limpeza e é se querem continuar a jantar. O Marcelo, por muito amigo que seja, não troca bacalhau assado com batatas a murro por promessas.

Num momento mais paneleiro, viemo-nos em lágrimas, por acharmos que íamos sentir falta da gente pequena, que ali naquela mesa estava parte de nós, a parte que se tinha fodido ao estilo de um filme sadomaso. Fomos interrompidas por um pobre a chegar-se mais do que o necessário, enquanto nos enchia o copo de vinho, na esperança de que a proximidade e o álcool nos ajudassem a ver nele um Cinquenta Cêntimos por descobrir e decidíssemos entregar-nos ao seu pacote de seis adornado por tatuagens e cicatrizes várias, ali mesmo, nas traseiras onde o Marcelo guarda as paletes vazias. Coitadito, deve pensar que para nós os pretos são todos iguais e não resistimos a nenhum. O vinho levou-nos as paneleirices. Mandámos vir mais um jarro e passámos o resto da noite a trocar aventuras porno com os moços do armazém, apostadas em enojar a dona da contabilidade e as suas senhoritas, sentadas a distância não recomendável.

Há alguns anos apanhámos o comboio para Lisboa a pensar que íamos voltar de lá doutoras. Que se calhar nem íamos voltar. Muitos comboios e autocarros depois, a nossa vida foi parar àquele jantar. Não sabemos como. E isso ainda nos deixa mais putas.

VELHO SÓCIO,

Vestimos o teu vestido preferido, aquele que nos mirra e parece uma camisola curtinha. Salto alto nas alturas, santinho no vale das sardas e fizemo-nos ao Nandos. Subimos a escada devagar, devagarinho, uma nádega a seguir à outra. Se viesse alguém atrás de nós, conseguiria ver a bainha das tuas cuecas brancas. Aquelas que ainda aqui temos escondidas para o caso de termos de te excomungar dos desejos, mas que de momento nos fazem sentir boas de morte. Deve ser o nosso lado drag, uma daquelas coisas de gajo que de vez em quando nos dão.

O Nandos estava um clube privadíssimo. Culpa a nossa velha amiga por lhe estar a prender a clientela ao sofá e ao Face. Dissemos-lhe que a crise também se chateia por estar sempre a ser responsabilizada por este circo em que todos somos palhaços. E que, de verdade, ela não fez por querer. Ele ficou a olhar para nós com o seu metro e meio e o bigodinho assustado enquanto se lamuriava ainda mais. Está desesperado com a fortuna que acabou de gastar na remodelação.

A carreira também foi violentada às mãos do criador do novo visual interior. Sofreu tanto que até emagreceu. São dezenas de caixas de ovos pregadas às paredes, ao chão e ao tecto, amontoadas para parecerem muitas mais e enganarem o som através de uma ilusão óptica. O Nandos anda caro nos dizeres. Diz que se o mundo fosse explodido ali dentro, lá fora nada se ouviria. Não resistimos.

se o mundo explodisse aqui dentro, não se ouvia nada lá fora?
nada, lá fora não chegava nada, quer dizer, se calhar abanava, mas som de se ouvir pode ter a certeza que não se fazia ouvir
atão, mas se o mundo tivesse todo aqui dentro, não havia lá fora
claro cavia, lá fora há sempre
mas lá fora tamém faz parte do mundo
eu tou a dizer que se a menina agarrasse no planeta, na bola que é o mundo, e o rebentasse aqui dentro, lá fora só se ouvia silêncio
quer dizer que lá fora não faz parte do mundo?
faz, mas se o pusesse aqui dentro não se ouvia
não se ouvia porque tava aqui dentro?
diga?
se pusesse o mundo aqui, o dentro tamém trazia o lá fora
eu tava só a falar em explodir o mundo
e so mundo explodisse, o salão do Nandos não explodia com ele?
não, porque as paredes são à prova de bala tamém.

Se calhar devíamos ter resistido. O Nandos deu-nos costas e foi afogar a língua num penalti.

As caixas de ovos só podem ter sido roubadas na Makro. São aos milhares, das boxes à parede do fundo. Os benefícios sonoros já se fazem sentir. Agora, mesmo depois das nove da noite, pode-se disparar com a 9mm. A .44 é que ainda não pode ser. Assim que o Nandos partilhou este orgulho connosco, tivemos de ser cabras e pedir-lhe, com a cabeça de lado, a enrolar o caracol, para descarregar só uma caixinha com a .44. E ele estava quase lá, até que se lembrou que da última vez que o fizeram esteve várias horas a pedir desculpa à vizinha de trás. Por cada cabeçada da .44 foi um prato da colecção da parede da senhora que voou sala fora.

Depois de já termos perdido várias vezes aos dardos, tivemos de nos esforçar para continuar a performance derrotista. O Nandos entusiasmou-se com as setas que fomos deixando ir ao chão e com o nosso agachar. Coitadito. Tivemos medo de que o coração dele não aguentasse. Se ainda não tinha uma obsessão com o nosso cu, criámos-lhe uma pouco saudável.

E já o tínhamos no ponto saliva quando resolvemos abrir as negociações. Nandos atrás do balcão, nós a volumar o decote enquanto fazíamos festinhas estilo garganta funda à garrafinha da mini, o senhor Geleia a arfar do nosso lado direito com vista directa para a tranca exposta e os pelos feitos. Mas esticámo-nos. Quisemos vê-lo de joelhos para lhe dar a marretada final e perdemos a aberta quando entrou um grupo de skins aos grunhidos. Ou melhor, um pelotão de cadetes da autoridade, cheios de bíceps dentro daquelas caveiras quadradas. Por intermédio de duas ou três bocas, percebemos que os moços estavam em modo presidiário. Vimo-nos a bater o recorde de penetrações em série em cima da mesa, contra a nossa vontade, e decidimos dar um beijinho de boas-noites ao Nandos. Foi o nosso livre-trânsito, com direito a sairmos dali intactas. O Nandos mandou o rebanho acalmar-se e os animaizinhos lá se chegaram à manjedoura em silêncio. Há muito que não temíamos pela sobrevivência do nosso rabo.

No que interessa para o nosso trabalho, o Nandos não estranhou ver-nos ali sem o ex-presidiário. Somos da casa. Não é que seja uma casa muito concorrida, e ele tem cara de quem gosta de putas independentes. É dos nossos.

VELHÃO,

O beijinho que o vaso te deu na cabeça foi mesmo milagroso. Várias manhãs depois da noite bendita, ainda tivemos de fugir de gatas da cama, com medo de que acordasses e quisesses outra sessão. Precisamos de uma pausa para sarar. Não temos um poro intacto no corpo todo.

Tentámos ir correr. Depois do primeiro quarteirão, percebemos que só estávamos a acelerar a nossa visita ao hospital. Decidimos ir à empresa fazer o mapa que nos pediste.

A gente pequena gostou de nos ver. Alguns até quiseram abraços e beijinhos. Fizemos a vontade da maioria. O grande líder achou-se. Nasceu para isto. Nunca o tínhamos visto tão excitado. O que pode deixar a mente masculina em riste é um mistério. Umas vezes é uma celuliteira a rebolar-se enquanto atira as cuequinhas pirosas ao ar, outras é uma sala de reuniões e um plano estratégico. Se calhar está aí uma oportunidade de negócio. Um cabaré com várias salas de reuniões com moças a dar à anca em cima das mesas enquanto atiram para a plateia pastinhas com gráficos e palavras tesudas em estrangeiro.

Cheio de salamaleques, o grande líder disse-nos ainda que somos sempre bem-vindas se o saldo no banco mudar. E que enquanto estamos entre trabalhos podemos utilizar as instalações da empresa para o que precisarmos. Aceitámos a generosidade como uma autorização literal. Temos carta-branca para roubar o que quisermos.

O cofre já foi desmantelado e as mesas e os computadores voltaram aos locais de origem, mas não conseguimos perceber onde é que fecharam as caixas do tempo. Como perguntar poderia vir a ser utilizado contra nós em tribunal, decidimo-nos por dar-lhe dois beijos mais junto ao canto do lábio e aceitar o convite para utilizar a rede sempre que necessário. Dá-nos desculpa para deambularmos por aqui mais meia dúzia de dias. Fomos também matar saudades dos nossos amigos agarrados, mas eram poucos os que estavam na parede traseira dos fumos.

Apareceu-nos o Ninja, de cabeça baixa e envelope A4 na mão. Para grande surpresa nossa, fala. E fala sem sotaque. Chama-se Rui. Nascido e criado na outra margem, entre a copa e a sala de jantar do Ming Ming. Diz que os pais voltaram para a terra, algures muito longe, e que ele também tentou, mas não percebia para onde é que estava a voltar. Decidiu regressar para onde o discriminavam mas onde ao menos percebia as bocas que o enxovalhavam. Trouxe consigo a chave do restaurante e escreve todos os meses aos pais as mentiras que eles querem ler. A única que não pode escrever é a do filho, para grande desilusão de todos. Assim que o fizesse, a família fretaria um charter para o visitar e mesmo assim alguns teriam de viajar no corredor. Há muito que anseiam pelo rebento que vai continuar os negócios ficcionais da família.

Coitadito, precisava mesmo de atenção. As pessoas veem-no chino e não lhe falam. Calculam que só saiba abanar que sim. Vinha à procura da doutora. Como não a encontrou, decidiu-se por nós. Ainda somos a porta da marquise de acesso ao poder.

acha quela anda escondida?

escondida, fugida, perdida, deve andar muitas coisas

assim é um problema

mas comé co segurança dela não sabe dela?
não a tenho segurado
atão?
ela deixou de pagar e eu deixei da segurar
deve andar insegura
se calhar arranjou outro
ficou a dever?
quase tudo
é uma óptima devedora
julgava quela tinha respeito por mim
por seres ninja?
eu não sou ninja, sou do Barreiro
do Barreiro Barreiro?
sim, mas agora estou na Cruz de Pau
podia ser pior
não é uma senhora de palavra
não é de palavra nem senhora, devias tê-la segurado plo braço antes dela desaparecer sem pagar
fui eu que pedi pra ter um dia de folga ao fim de vinte e nove semanas seguidas sem parar
esquece, atão
acha quela não tem de pagar?
ter tem, mas vai ser difícil
difícil é viver com cara de chinês no Barreiro.

VELHINHO DO CORAÇÃO,

Continuamos felizes como umas putas em manhã de pagamento depois de uma noite de casa cheia. E tanta felicidade tinha de ser invejada. Fomos intoxicar-nos com a tua contribuição para o supermercado mais a Luísa e a Tina. Elas queriam detalhes e nós demos. Não acreditaram. Dizem que não é possível. Nós concordamos. Só tu. Preto da nossa vida.

Pela primeira vez percebemos o que é que a Luísa quer dizer quando diz que quer engordar com o Jorge para o resto da vida e pelo caminho encher um T2 com Jorginhos. O detalhe de o Jorge ter sido preso na semana passada é que não ajuda. Tinha ido buscar uma saca de smarties e foi parado numa operação stop numa rua deserta. Tipo operação stop exclusiva para clientes VIP. Diz que foi bufado. A Luísa não sabe por quem nem porquê. Sempre foi amigo dos seus amigos, não dá banhadas e não se mete em zonas que não são suas. Está à espera de ir ver o juiz. Pode ser que não apanhe muito tempo e que não saia de lá a dar de lado e cheio de vírus. Mais um milagre ou dois e em breve a vidinha dela voltará ao normal. Simpático, deixou-lhe uma caixa cheia de tabletes de chocolate para ela se ir aguentando. É nestas pequenas coisas que se vê o verdadeiro amor. Mesmo dentro, não deixa a sua dama desamparada, na necessidade de ir afagar a braguilha de outro. Mas ela não quer haxe, quer criancinhas. Ou melhor, não se importa de ir fazendo a renda nas traseiras do café enquanto fuma umas e outras, mas querer querer quer começar a parir e em força.

A meio das imperiais, a Tina fez o anúncio da noite. Não foi ao desmancho nem vai. Não tem dinheiro. O pouco que lhe resta tem-no bebido. Diz que anda com desejos de rosé e que não tem útero para outra raspagem. Acha que, se colou outra vez, é para ficar colado. Não sabemos se temos mais pena dela ou do feto. Ao menos tem andado alegre graças aos copitos que ela tem partilhado. Dissemos à Tina que podia ser que saísse um escanção e ela desatinou. Julgou que lhe estávamos a insultar o alto na barriga. A Luísa não aguentou e teve de a ripar.

se vais ter a criança, tens datinar
mais é difícil, como sabes passo o dia em casa, pareço uma santa ou uma preguiça
tu disseste pra eu tar como se tivesse em minha casa
era só pra ser simpática
se tens alguma coisa a dizer, diz
já disse, atina-te, vai ao médico, faz ginástica, vai trabalhar, larga o vinho
não é porque queira, é desejos, sabes bem qué desejos, e a tua vizinha tamém disse cos desejos nas grávidas são pra levar a sério
sim, ela sabe bem o que diz
já teve quatro
fora os que não chegaram a nascer
agora tás só a ser cabra
não vês catrofias a criancinha?
atrofio agora
é nos primeiros meses queles se fazem, o vinho mirra-os
dói menos a sair
e devias deixar de fumar tamém

aquilo queu li é co bem estar da mãe é o mais importante, ca mãe não deve mudar a sua vida pra não ficar ansiosa
leste onde?
no Face
se precisas de beber pra não ficar ansiosa, tens um problema ainda maior
tás-ma chamar alcoólica?
quem tem de beber pra ficar bem é um alcoólico, ou não sabias?
eu tou bem sem beber
atão, deixa-te tar
mas fico melhor se beber
isso ficamos todas
manda vir mais uma masé, questa conversa já me tá a deixar nervosa e não quero ca criança perceba.

VELHO BOM,

Depois de te termos rogado todas as maleitas do mundo para vires viver connosco, damos por nós a dormir em casa da Augusta. Íamos direitinhas a nossa casa quando percebemos que a Buffy ia vacilar assim que te visse. No estado em que ainda nos encontramos, é medicamente irrecomendável.

Há tanto tempo que não íamos lá que tivemos de lhe telefonar para saber o andar. Estava a festejar com o seu homem ele ter conseguido a reforma antecipada. Pelos vistos, além de pastor, também é chefe de sala. Faltam-lhe oitenta e sete dias para não mais ter de se levantar da cama. O que não deixa de ser uma ambição. Deve ser a hotelaria a livrar-se dos seus elementos menos ágeis. A Augusta estava hilária com a ideia de finalmente viver com alguém que, como ela, não precisa de trabalhar para ganhar a vida. Sempre achou o trabalho uma coisa de pobres. Juntámo-nos à festa e não partilhámos com ela as estatísticas que indicam o número crescente de separações em casais depois da reforma. O convívio é uma merda e vinte e quatro horas por dia a levar com o mesmo estafermo sem uma pausa para levar com os estafermos do trabalho não ajuda. O amor fatiga-se. Acomoda-se, embirra, e da resina aos dedos dele na cara dela é só o tempo de um bom-dia na manhã errada. Não seria a primeira vez e o mais certo é que não seja a última. Por momentos, imaginámos como seria termos tido uma mãe ateia que não vivesse entre garagens de seitas clandestinas e sacristias abertas durante a noite. Decerto teria sido tudo muito menos dramático, mas à sua maneira sempre nos conseguiu dar uma rotina, uma segurança, uma certeza clara de que se queríamos jantar teríamos de o fazer, pois as missas de fim do dia acabavam sempre com uma palavrinha ou duas com o senhor pastor.

Ela parece-nos feliz, e isso deixa-nos tão contentes como se ela nos parecesse miserável. Há muito que secámos a empatia para aquele lado. Dizem que vão recuperar a casa que ele herdou na terra, fazer um salão paroquial, organizar retiros com os amigos crentes, e que depois nós podemos ir lá passar férias e fins de semana com eles. Claro, claro, dissemos-lhe, a ideia de nos enfiarmos numa casa sem janelas onde se praticam cultos de seitas com mau nome, num monte despovoado, contigo, a nossa mãezinha, e o seu namorado, e sabe o diabo mais quem é tão tentadora como arrancarmos a mama direita com a faca do pão.

Passada a euforia e mesmo antes de ter de se retirar para a última oração do dia, a Augusta revirou os olhos e começou a arengar que não lhe dizíamos a verdade, que nunca iríamos de férias com ela, que não queríamos saber, que éramos umas ingratas. Que ela é que nos nasceu e nós nunca lhe demos valor por isso.

É verdade. Tirando o detalhe de nos ter nascido, fez puto por nós.

VELHO DO CORAÇÃO,
Ontem à noite, pela primeira vez na vida, levámos para a cama a tanga do período. Desculpa. É tão má ou pior que a das dores de cabeça. E não faz parte do nosso portefólio.
Estás a fazer de nós uma mulherzinha e nós a adorar.
A única coisa que não nos está a deixar delirantes é o constante tráfego dos teus meios-irmãos à nossa porta para recolher a mesada e os conselhos do irmão mais velho que se deu bem. Fode-nos a paz e o descanso. O detalhe de tu contribuíres para a vidinha de todos eles mas ainda não te teres dignado a chegar à frente com a nossa prenda de aniversário atrasada é muito reles.

GANSTA DA NOSSA VIDA,

Primeiro as boas notícias: enquanto andámos a fugir com as nossas nádegas apertadinhas, andámos também concentradas nos preparativos para a cobrança difícil dos salários por pagar com retroactivos.

A gentileza do chefe do armazém, agora membro único do seu departamento, foi infinita e conseguimos descobrir onde é que depositaram o tempo. Temos de concordar que a nova direcção não é tão retardada como a anterior. Para evitar que a doutora tente levar de novo o que agora dizem ser deles, com a bênção da SS, encheram o armazém de caixas vazias. Têm o armazém cheiinho de nada. Se a doutora comissionar um grupo de criminosos, vai receber vários metros cúbicos de oxigénio fora de prazo.

O tempo verdadeiro está todo enfiado no refeitório, em caixas trazidas do supermercado. Diz que como é o local onde passam mais tempo é mais fácil de vigiar. À custa de deixarmos a sua mão direita espremer a nossa nádega esquerda corredor fora, conseguimos contacto visual com as falsas caixas de Cif, Nestum, Bom Petisco, Milaneza, Sumol e tudo o mais que enche aquela despensa de ilusões. A distribuição do tempo ainda não está assegurada, mas têm várias propostas de distribuidoras novas que não preveem declarar falência nos próximos meses e com elas arrastar mais uns quantos negócios honestos. Uma delas é tão inovadora que assegura o pagamento a cento e vinte dias.

As notícias melhores ainda: ao sétimo dia, passou-nos o medo de morrermos a esvair-nos em múltiplos. Vamos a caminho do teu pescoço para nos provares que a noite de todos os orgasmos não foi filha única.

VELHO,

Para que fique registado, o elo mais fraco ainda não está aprovado. Temos ziliões de dúvidas. Se nós somos a dupla perfeita para a Operação Tempo Roubado, com o Jesus estamos longe de ser a trinca maravilha. Ele só é parecido com o Hamilton no pantone. E a nossa dupla merece melhor. Como opção, temos a Luísa, que também é conhecida como Luísa Ayrton. Ainda não lhe pescámos a ideia, mas sabemos que tem experiência de fuga em velocidade à autoridade, não racha sob pressão e é capaz de passar a noite dentro sem dizer o nome do gato que não tem. É uma sugestão. Mas é bom que concordes. Ficaríamos muito mais descansadas com uma dama ao volante.

Tudo isto fica para esclarecermos depois da próxima sessão de molestação. O estado de felicidade em que nos encontramos devia ser ilegal.

VELHO FILHO DE UMA PUTA,

Puta de manhã, à tarde e à noite, que nasceu puta e puta subirá aos céus, para ser arrastada da forma mais puta até à puta da porta dos infernos da putaria.

Teres começado a pagar o supermercado não te dá licenças nem razões para achares que estás como se estivesses em tua casa. Pelo contrário, estás na nossa casa. Que não é nem nunca será tua. És um convidado. Eras. Se tentares aproximar-te da porta, serás recebido não com um mas com uma chuva de embondeiros.

A visão da tua cabeça perdida no meio das pernas de uma turista, na nossa cama, é a mais horrível que alguma vez tivemos de digerir. Lá porque não te molestámos durante meia dúzia de horas isso não te autoriza a fazer a primeira que te telefona. Qual foi o raciocínio que desenvolveste com esse neurónio podre que te fez chegar à conclusão de que podias fazer gajas na nossa cama? E a tua justificação é de uma putice épica.

eu disse-lhe pra ficarmos no chão da sala, masela não quis, doíam-lhe as costas

e não tás um pentelho arrependido?

arrependido de ter recomeçado a trabalhar?

lamber gajas não é trabalho, cabrão

não comeces com essa conversa, é a minha cena, sabes bem

tavas aqui pra recuperar, não era pra me espetares o maior par de postes da linha

eu preciso de dinheiro, tu tamém, ela telefonou, é uma cliente antiga

não se faz, foda-se, não se faz

ela tava muito carente, precisava dum abraço, dum carinho

dum caralhinho

que cena tão macaca

não, uma cena é tu andares a fazer gajas aí, onde eu durmo, choro, onde eu passei noites e noites a gemer por ti

com o Tarzan

ao menos não amolece

se te chateia assim tanto, não volto a fazer

podes crer que não voltas mesmo

qué quisso quer dizer? e nós?

nós já não é nós

não entres nessa, Maria, tu és a minha dama, a única, não vale a pena, isto passa, eu arranjo um sítio pra trabalhar fora de casa, vais ver que vai ficar tudo bem

vou ver-te é pela janela, se não fores já plas escadas

temos a tua empresa pra ir fazer e mais tudo o quíamos fazer juntos

tás cancelado

a ideia é minha

azar, foste roubado.

QUERIDA BESTA, filho de uma vacabra e de um anhurso impotente,
Três noites passaram e ainda acordamos a lagrimar. Depois de termos adormecido num pranto que nos podia ter afogado. Sofrerás como se fosses o único preto numa festa de skins da Brandoa. Só de pensarmos nos teus restos para autópsia, temos de ir vomitar.
De volta.
Não é nosso hábito vomitarmos à primeira hora. Se nos deixaste brinde no útero, pegamos-lhe fogo.
O mínimo que podias ter feito era teres telefonado ao estuporzinho do Jesus e dizer-lhe que tinhas sido expulso, para ele perceber que também teria de arranjar uma barraca nova onde ficar.
Acordámos cheias de dores, uma porrada integral interna que começava no tutano e se prolongava aos poros. O Jesus ouviu e veio ao quarto saber a dor das lágrimas. Não conseguimos ordenar as sílabas nem resistir-lhe. E a primeira coisa que o teu irmãozinho fez, quando não te viu, foi aproveitar-se para nos enrolar nos seus braços na nossa cama. Abraça bem, o cabrão. Deixámo-nos ficar. A energia dele teve o efeito imediato de um Benuron anal de 10.000 mg. Aos poucos deixámos de tremer. Entrámos no vai não vai, no dá-lhe agora que ele está mesmo a jeito. Seria o troco merecido. Mas tu nem vingança mereces, ser menor, cancroso.
Antes de sairmos para ir correr, o Jesus insistiu mais uma vez

e acabámos por lhe contar onde é que tu tinhas decidido montar escritório.

e logo tu, que foste tão porreirinha
é pra aprender
não é cena pra se fazer à dama
ele não quer saber
só pensa em trabalho
se trabalhasse menos e me prestasse mais atenção, fazia melhor
não mereces, e a outra cena ainda vai rolar?
qual cena?
o tempo quíamos fazer
cancelada
não queres fazer a cena só entre nós dois?
a única coisa que nós vamos fazer é pôr-te na rua, Jesus
cena negativa.

VELHO CÃO,
   Estamos demasiado fodidas para te matar.

FILHO DE UMA peçonha cancerosa,

Fomos dar de beber à angústia no Nandos. Somos oficialmente da família, com autorização para mutilar as paredes da sala de estar sozinhas. Ou seja, já não precisamos do Geleia nas nossas costas dentro da box, a expirar para cima do nosso cangote. É sempre de celebrar o dia em que uma dama consegue provar aos estafermos deste mundo que é capaz de mais e melhor sozinha.

Aproveitámos para descarregar todas as caixas que o nosso dinheiro podia comprar até à sétima imperial. A nossa mão está cada vez mais divina e o .38 com saudades nossas. Encaixou-se na nossa palma como um gatinho e até sorria quando lhe espremíamos o gatilho. À oitava imperial, tivemos de poisar o pequeno. Estávamos só a martelar as paredes. É um desperdício e elas não têm culpa.

O Nandos subiu o preço das caixas de chumbinhos para compensar os custos da remodelação mais rápida de sempre. Ainda cheira a tinta e a cola industrial. Ninguém lhe encomendou o serviço e agora a conta vem parar ao nosso pires. Apesar de apreciarmos mais os novos tampões de natação, em vez das bolinhas de algodão. São tão eficazes que não se ouve nada que não seja gritado.

Quando lá chegámos, o Nandos estava aos berros com o Geleia, ainda no mesmo banco, na mesma posição, com a tremedeira da semana passada. Por curiosidade, gostávamos de o ver em actuação na box. O Nandos diz que ele é das mãos mais certeiras que alguma vez fez fogo naquela casa. E nós sabemos que vai ali muito criminoso alinhadinho. Deve ser uma coisa que lhe dá quando vê um alvo. De resto, continua a não conseguir dar um gole na cerveja sem entornar tudo.

    as coisas não é assim, Nandos
    mas falta-lhe a tampa, Geleia
    pra qué qué a tampa? você alguma vez viu lá tampa?
    por isso mesmo, tá na altura de ter
    você não tem base pra essa questão, explica pra qué qué a tampa?
    pra tapar
    o quê?
    a sanita, o qué cavia de ser?
    mesmo com tampa ela fica lá na mesma
    mas fica mais higiénica
    a higiene tá na limpeza que você lhe oferece ou não
    tão lá os buracos da tampa e tudo, aquilo tá a meio
    vê-se mesmo que você nunca viveu no mato
    qué quisso interessa práqui?
    interessa queu vivi
    uma tampa não custa assim tanto
    deixa, paizinho, deixa.

Fomo-nos servindo como se fôssemos da casa. Se o Nandos tivesse o mínimo de freguesia, até lhe pedíamos trabalho. Mas como ele poucos tem para aviar além do sócio, em vez de trabalho pedimos-lhe uma caçadeira.

    pra qué ca menina quer uma coisa dessas?
    pra ir aos coelhos
    no Continente?
    na mata

na mata só há trabalhadoras, e já nem é mata, são só meia dúzia de arbustos
tem alguma em stock?
haver há sempre, mas elas não podem é sair assim à confiança, Nandos
não quero ver a menina metida em trabalhos, mal a conheço, masé como uma filha
trabalhos é o que mais falta nos faz
foi despedida?
maisuma vez
é só malandragem, esses tipos andam praí de fatos masé só prò disfarce, anda masé tudo a roubar
e tem pra entrega um dia destes?
o seu moço sabe deste arranjinho?
qual deles?
aquele que tava dentro?
mal sabe dele, coitado
não quer beber nada?
pode ser mais uma
assim vamos melhor, sem cerveja um homem nem consegue pensar.

Espanta-nos que ele consiga alinhar duas frases coerentes, uma a seguir à outra, sóbrio.

À décima imperial, lá se levantou e andou. Tirou a chave do colar de ouro, ajoelhou-se, e do fundo do cofre tirou uma Baikal de canos serrados. Uma puta de uma fusca linda de lamber. Se não fôssemos contra as uniões com a bênção do Estado, casávamo-nos com ela. Dois canos laterais cor de petróleo reluzentes, carregamento manual para evitar pressas, impecável de madeira e aços, e com um ramo de rosas cromadas em baixo relevo a nascer do gatilho.

Até em cima do pano mais seboso é o par de ferros mais belo que alguma vez habitou esta terra. Tem menos de meio metro e cabe direitinha como uma senhora cabra na nossa Louise Vittone. O Nandos não se calava com a categoria do trabalho feito. Foi ele que a serrou. Tem um fraquinho por caçadeiras, diz que é por terem a alma lisa. E quando encolhidas passam a ser só para quem tem tripas para dançar à porta da casa do diabo. Não servem para quem apenas consegue fazer o mal acobardado atrás de muitos metros e de uma mira telescópica. Diz que gosta de estar sempre pertinho. Parece-nos a solução ideal para idiotas com falta de amor-próprio, mas como é tão bonita e a coronha vai perfeita com uns sapatos que temos do ano passado não vale a pena continuar o casting.

De um ponto de vista profissional, não é suposto matar ninguém, mas consegue deixar vários agarrados às entranhas ao mesmo tempo. Dispersa em vez de ir a fundo. Tão parecida connosco que até faz impressão. Faz uma mancha de feijões de cerca de um metro que derretem tudo à sua passagem. Deve ser foda levar com uma feijoada daquelas. Como não queremos mudar a nossa carreira para snipers ou para assassinas profissionais, é tudo de que uma mulher precisa. O Nandos diz que é uma fusca sacana, adora surpresas. Cabe em qualquer gabardine e quando encurralada não se cala até a deixarem passar. Esta cabra só pode ter sido criada à nossa imagem e semelhança. Está sempre a criar danos colaterais e não se importa de não acertar em cheio, desde que leve muitos consigo. Mais uma fã dos múltiplos.

Agarrámo-la devagarinho. Sentámos a coronha na anca e mirámo-nos no espelho da Cuca. O Geleia só não orgasmou se já foi operado à próstata.

CÃO,

Há vários dias que não sabemos de ti. O que é óptimo para quem vai pagar o teu funeral. Já conseguimos passar períodos de três segundos sem nos lembrarmos da tua pessoa na nossa cama com outra cadela. É uma melhoria significativa desde a semana passada.

Vamos correr, a ver se o senhorio não nos apanha em casa. Voltou aos bilhetinhos debaixo da porta. Quer doze mamadas por cada renda não paga. Diz que é o preço a que elas estão. Gostamos de o saber actualizado.

Se o negócio com o Nandos se despachar, ainda o convidamos para uma chumbada ou duas. A ver se aprende que não é não, caralho.

CABRÃO,

Estás mesmo com sorte. Já não estamos fodidas a ponto de não te conseguirmos matar, mas o Nandos teimou que não nos podia deixar sair à rua com uma serradinha na malinha sem antes se certificar de que éramos moças responsáveis e sabíamos o que é que tínhamos em mãos. Disse-nos que, se queríamos ser a Maria dos Canos Serrados, tínhamos de lhe mostrar que não íamos andar por aí a abater coelhos por engano e que também não íamos ficar sem dedos. A fusca não só é cabra como é puta, e ele é tão querido na sua preocupação.

Foi às traseiras tirar o carro que estava parado ao lado da carcaça do Fiat ardido e deu-nos uma caixa de chumbinhos. Queria ouvi-los todos a cantar na chapa. Nunca tínhamos feito fogo com uma Baikal. Aliás, desconfiamos um bocadinho destas donas vindas do leste. É maneirinha, leve, mas coiceia como uma mula muito fodida da vida. À primeira saltou-nos das mãos. Foi uma vergonha, íamos caindo. Não sabemos se do recuo se do estrondo que ela fez a cuspir. O mundo quando acabar vai ser ao som de muitas serradinhas juntas a desgarrar ao mesmo tempo.

O Nandos ria-se. Cabrão. Já estava à espera de que a vaca voasse.

Descalçámos os saltos, ferrámos os pés no chão, perninha afastada como mandam as regras, coronha a dar de lado na barriga, uma mão no gatilho e outra a esganar-lhe o cangote. Ignorado o fiasco inicial, começámos a largar lume lá para baixo, à mulher com Mê grande. A serradinha bem queria levantar os cornos, mas quem é que se consegue mexer enganchada por trás com uma mão no pescoço? Pena foi os chumbinhos, quase todos enfiados na horta. A esta hora estão as couves todas furadinhas, coitadinhas. Amanhã alguém vai comer caldo verde com travo a ferro.

A meio da caixa, lá nos encontrámos e percebemos que, ao contrário das fusquinhas, aquela não estava a pedir grandes direcções na vida, queria apenas que fôssemos capazes de a domar quieta, antes, durante e depois. Faz parte do clube das que gostam de ser agarradas à força.

Ajeitámos a fofa à cintura como uma filha, esquecemos o sorrisinho do Nandos e começámos a fazer da carcaça o nosso carrilhão. Mais umas sessões e estamos a tocar as fuscas de Brixton. À excepção de um ou outro, ficaram lá todos. Se o Fiat já parecia um passador, agora é-o de verdade. Mas o Nandos tinha de nos tentar arreliar com as suas bocas rasteiras. Diz que é a arma preferida dos cegos, porque a meia dúzia de metros o mais difícil é desacertar e não levar um braço ou uma perna.

Apesar de maneirinha, é mula velha com coice impróprio para meninas. Mas nós estamos tão apaixonadas que não nos importamos de apanhar. Por amor e se formos nós a pedir, é sempre um prazer. Amor que não dói é coisa de gente casada há tempo de mais.

O Nandos estava em delírio. Disse que estava com saudades de fogo ao ar livre, das noites a descarregar para as traseiras todo o chumbo que havia em stock. As janelas da marquise faziam de boxes e os mais cegos tinham de ir lá abaixo à vez trocar as garrafas que faziam de alvos. Muitos campeões olímpicos se podiam ter feito se a maioria não achasse que o ouro existe para ser roubado.

Como seria de esperar, os vizinhos vieram à janela ameaçar que iam chamar este ou aquele criminoso para nos vir calar, que iam entrar-nos pela porta dentro de catana e outros chinos em punho. Um mais alcoolizado ainda tentou enxotar-nos com uns calhauzitos na janela. O Nandos disse-lhe para ir para casa ou começava a fazer tiro ao alvo em movimento. De início, o pobre não percebeu quem é que seria o alvo em movimento, mas quando o Geleia puxou a sua Star velhinha e lhe desligou a luz da moto para sempre, o coitado voou com o roubo da noite para fora de campo. É escusado discutir com alguém trinta metros acima com uma espanholita bem treinada, carregada e pronta a aleijar.

Não percebemos porquê tanta conversa só por causa de uns tirinhos disparados da janela. Todas as noites há festa naquela praceta e o fogo não é de artifício. As mãezinhas devem achar que quando são os filhos delas aos chumbinhos uns nos outros não há problema, não é incómodo nenhum, são só os miúdos a divertirem-se, a fugirem à guarda, a fazerem pela vida. E de vez em quando a ficarem sem ela.

Agora, a pergunta dos dez milhões de doláres USD: conseguimos a fofa? Ainda não, cabrão, ainda não.

VELHO CORNO,

O Jesus desceu à nossa sala ontem à noite. Desculpou-se com a saca de óleos de trabalho esquecida para aparecer de garrafa de vodka numa mão e pastilhas na outra. Agradecemos o álcool e os smarties e convidámo-lo a voltar para o bairro de lata que o viu crescer. Disse-nos que vocês se instalaram na casa da tua mãe, mas que ela não vos deixa receber clientes no quarto, o que vos está a obrigar a atender fora de casa, com os riscos e as despesas acrescidas inerentes. Só na vossa cabeça é que morar num bordel pode ser algo normal. Não deixa de nos surpreender que a tua mãe esteja cheia de princípios morais e que ao fim destes filhos todos ande preocupada em manter a seriedade e o bom nome da barraca.

Ainda não percebemos se olhar para o Jesus nos faz bem ou mal. Por um lado, ajuda-nos nas saudades de não vermos a tua cara, saudades que nos extirpam devagarinho a cada três segundos. Por outro, ainda ficamos mais putas, com mais desejos de te furar.

foi ele que te mandou?
nem sabe queu cá tou
deixa-te de tangas, vieste cá ao quê?
pedir desculpa
o melhor é dizeres duma vez
vim tamém pra dizer que se quiseres uma hora ou duas não é nada

uma hora ou duas de quê?
de mim
é bonito, Jesus
é na boa
fiquei alérgica à tua família
e a mim tamém?
se fores da tua família
mas não queres mesmo? nem de graça?
nem que fosses mesmo filho do Senhor
qual senhor?
tu é que queres, Jesus
claro que não, tu és a dama do Velhinho
era, ou se calhar nunca fui
a cena queu tamém queria falar é do tempo
da chuva?
não, do tempo quíamos fazer
game over
não tem de ser, dama
não somos tua dama
tá mal deixar o tempo ficar pra trás
é o que é, Jesus, não vale a pena
vale praí uns cinquenta
o preço oficial é cem mil
cinquenta é surrado, eu sei, mas se for tudo duma vez é só isso, é tudo cartãozinho marcado, dá um trabalho do caralho cortá-los um a um
Jesus, daqui não levas nem cu nem comissão.

ABCESSO VELHO,

Não sabemos o que é mais forte. A raiva, o nojo, o asco, o ódio, a ira, a náusea, o rancor, a repugnância, a aversão ou as saudades. Ver o Jesus fez-nos mal. Ele traz sempre um travo do teu cheiro.

Tivemos de ir arejar. Fomos correr com a mochila cheia às costas para te esquecermos e para ver se o senhorio mais o seu ajudante das cobranças não nos apanhavam. Vamos ter saudades daquela casa. Tivemos lá os melhores orgasmos da nossa vida. Mas acreditamos que outros melhores ainda nos esperam numa cama desconhecida.

O fim do percurso, e a nossa nova morada, foi a casa da Luísa. O Jorge está muito preso e a Tina muito grávida. Mais uma que acha que um feto com meia dúzia de centímetros justifica o terceiro Big Mac. Depois não cabem nas calças e queixam-se que os filhos lhes arruinaram a vida. Se tudo correr bem, em breve terá um estuporzinho que a vai idolatrar até a começar a roubar.

No movimento oposto está a Luísa. Desde que lhe prenderam o homem que nem batatas fritas come. A cada dia que passa, mirra mais um pouco por dentro. Para ajudar, o juiz teve pouca empatia pela história que o advogado do Jorge lhe vendeu. Decidiu que à terceira vez não podia ser só o fruto de um lar disfuncional nem de uma adolescência desprivilegiada e ofereceu-lhe uns anitos sem direito a saídas com a pulseirinha no tornozelo.

Nunca pensámos que ela gostasse assim tanto dele. Um passador a caminhar para o agarrado não é um pai de sonho para os filhos de uma mulher. Mas ela diz que é amor de verdade. Esta mania de as mulheres deixarem que os sentimentalismos influenciem a escolha do macho para procriarem está a arruinar a humanidade. Os sinais de depressão brilham fortes. Diz que não percebe porque é que se há-de levantar da cama a não ser para fazer uma bazuca tamanho familiar para ela e para a Tina. E queixa-se de que as reservas que o Jorge deixou em breve também vão deixar de lhe valer a renda. Para ajudar, o Jorge, que é um gajo do caralho, deixou uma caixa de dívidas surpresa para a dama administrar. Afinal, as tablets que ficaram escondidas de reserva para ela se governar se lhe acontecesse alguma coisa não estavam pagas. Um detalhe que não é Chantelle e é foda.

Do topo das mesas do rock para os fundos do sofá-cama, gordas, grávidas, desempregadas, agarradas, tesíssimas e com um quilo de chocolate em dívida. Para quem entrava em qualquer porta e passava a noite a ser regada a caipirinhas por conta de outrem, é um golpe baixinho na autoestima. Perguntamo-nos onde é que estão todos aqueles que faziam fila para nos trazer em braços a casa depois de lhes termos vomitado os GTI.

Temos de nos fazer à vida. Mas vamos ter de ser nós a puxar por este rebanho. Daqui só virão dores, indisposições, depressões e muita choradeira por homens passados e futuros. Prometemos à Luísa ir com ela visitar o Jorge. O nosso cadastrado também está por lá e tem direito a uma hora por mês no fodódromo. À Tina prometemos ajudá-la na lista de nomes para o puto, e ir com ela à caixa pedir uma ecografia. Era bom que lhe marcassem uma antes de a criança nascer. Só para o caso de irmos avisadas se a criancinha estiver a planear sair com três olhos.

Deitámo-nos rodeadas de pernas e braços, mais sozinhas do que nunca.

VELHO,

Vestimos o vestido preferido do Nandos, que é qualquer um que mostre muita perna e alguma cueca. Desaparecemos do espelho decididas a voltar para casa com a carteira cheia de chumbos e um ferro duplo a condizer com os sapatos. E como nos estamos a habituar à neura, estamos em perfeitas condições para te poder matar, sem questões pessoais pelo meio.

Assim que chegámos, abrimos conta e convidámos o Nandos para o seu desperdício de tempo do coração: um jogo de dardos cheio de oportunidades de miragens. Fomos tão generosas que ele só não nos viu o útero se não quis. Fez dó. A meio tivemos de refrear o exibicionismo e fazer um esforço para que o homem não tivesse um ataque cardíaco criado pela sua própria aselhice. Nunca o tínhamos visto tão enresinado. E com a resina veio também, mais uma vez, a história da injustiça de África, o que lá deixou, o sócio que lhe roubou a ideia dos frangos, o nome, o segredo para os deixar mais tostadinhos, a fortuna que agora se espalha por muitos continentes, e ele nem um por cento tem para se reformar. Quem diria que o nosso Nandos é o cérebro por trás da galinha piripíri mais famosa do planeta?

Tentámos puxar o Geleia à arena, mas por estes dias ele não se consegue mexer do banco. Fica de sorriso congelado na nossa direcção e só nos tira a vista de cima para ir à casa de banho. Nem para levar o copo à boca aqueles olhinhos, perdidos em mais de cem quilos de gordurinha, desgrudam. Ao Nandos dissemos-lhe o que queria ouvir, fizemos todos os sons certos nos momentos indicados. E quando o tínhamos em batalha campal interna entre o estar quieto e nos saltar para cima sem pedir licença, deixámos que se chegasse até lhe podermos dar uma porrada seca no cachaço.

    fechamos negócio, Nandos?
    a menina não quer andar praí com uma coisa daquelas na malinha
    quer, quer
    já viu o qué? andar aí de ferros na mala? uma discussão, um idiota, uma situação, a menina mete a mão à mala e vem de lá com um canhanbul serrado, e depois? vai derreter o desgraçado à sua frente de calças na mão? se calhar não, se calhar vacila, o dedo no gatilho parece que não quer mexer, emperra, e depois? já viu se lho tiram? até pode levar com ele em cima, olhe que não é fácil enfiar uns feijões em ninguém, e eu tamém me sinto responsável, não a quero ver ensarilhada ou aleijada, mais pra mais, é um ferro da casa, há um azar e inda vêm praí com arrelias
    quanté que quer?
    isto não é o tipo de coisa pra ser barata
    se não é pra ser barata, que tipo de coisa é qué pra ser?
    já lhe disse, por volta dos mil
    mil certos?
    um bocadinho menos do que faria a qualquer outra pessoa
    o problema é que não temos mais de duzentos e cinquenta pra lhe dar
    por isso leva uma .22 e não vai nada mal
    tamém não vale a pena tar a gozar, Nandos
    uma .22 não é gozo nenhum, é um calibre nobre, até lhe digo mais, pra quem sabe ao canda chega bem
    a Baikal é qué a nossa cara, agora andar praí com uma fusquinha de menina pra quê?

    as russas não são pra quem quer, fazem-se pagar, são finas
trezentos e cinquenta e não se fala mais nisso
    ai fala, fala, fala-se até aos mil e é por especial favor, se fosse outra
qualquer é que nem se falava mais, melhor, nunca se tinha começado
a falar, a Maria tem muita sorte, não deixa de ser uma privilegiada
    quinhentos, e tenho de lhe ficar a dever algum
    quem leva sem pagar tem de deixar garantia, não tem dinheiro pra
garantias, tem de partilhar, tem de pagar de volta a boa-fé
    mas quer comissão de quê?
    do negócio que o ferro a vai ajudar a fechar
    e se não for um negócio de dinheiro?
    é mau negócio
    às vezes tem de se fazer maus negócios, qué pra eles não abusarem
    isso tudo é muito bonito, maseu aqui não faço nada com cinquenta por cento dum desgraçado qualquer ca arreliou
    e faz cinquenta por cento do preço da Baikalinha?
    e é porquê prà menina
    eu só trabalho por conta própria, não há cá mais patrões, doutores nem caralhos dentro de fatos
    é uma pena
    assim é foda, Nandos
    antes fosse.

    Cabrão, podia ser nosso avô e estava para ali a pescar à descarada. Se já não há maneiras, é porque nunca as houve. Foram estes velhos que deseducaram os nossos pais, que por sua vez nos ensinaram tudo o que não sabemos.

    Fim do primeiro assalto. O Nandos pediu um intervalo alegando falta de concentração, o que no caso dele quis dizer falta de álcool no sangue.

    Chegámo-nos ao balcão para a beira do Geleia, na esperança de

que descancarasse a boca e se chegasse à frente. Aguentou um segundo com as nossas hormonas por perto.
 você divia era mostrar as mama
 qual mama?
 isso agora não importa, são ambas as duas imemoráveis
 não discrimina?
 era só pra ser mais rápido
 e quanté que vale mostrar as duas?
 vale ainda muito mais
 e isso em dinheiro?
 dinheiro não é problema
 pra mim é
 issé porque você mostra pouco, se você tivesse lá um show ou um programa no computador, dava muito, ai, dava, dava
 sé espectáculo pròs dois, tem de ser a dobrar
 Nandos lá sabe da vida dele
 tamos a falar de bom dinheiro?
 melhor do que bom, excelentíssimo de bom
 duas mamas por um ferro?
 você é que faz o preço
 e só quer ver?
 já é um contentamento enorme.

O Nandos não demorou a cortar o show de strip privado sem direito a mexidas nem danças ao colo que o Geleia estava a querer organizar do alto do banco carcomido ferrado ao balcão. A ciumeira veio-lhe ao de cima. Pareceu-nos uma questão de prioridade. Deve ter achado que vinha da direita e que o outro, que vinha das Áfricas, teria de esperar e era se queria. A conversa dos que vêm da selva com os bolsos cheios de diamantes não lhe é querida, e por mais jerrycans de petróleo que o Geleia tenha na garagem o Nandos não parece deixar-se impressionar. Menos ainda ficar para trás na fila. Bateu forte e directo antes que o sócio lhe comprasse as mamas preferidas debaixo do tecto que ele próprio alcatifou.

    pois eu comia-a toda
    falar é fácil, comer tudo é que já é muito mais difícil
    é garantido
    vale o ferro?
    a menina não larga
    menina, os colhões
    não vale a pena ficar bravinha
    vale ou não vale?
    mais ou menos
    e lá vai ele outra vez nas tangas
    podemos fazer várias festas em dias diferentes
    sem tangas, foda-se, os dois aqui e agora, em troca do ferro e de dez caixas de chumbos
    em cima da mesa?
    sim, trinta minutos onde e como quiser, o Geleia pode ver mas não pode tocar nem tirar fotos
    quando?
    se não tiver nada melhor pra fazer, agora
    ali na casa de banho távamos mais recatados.

E assim fomos.

## VELHITO MUITO CORNITO,

Ser corno a posteriori não deve ser fácil. Tens direito a toda a raiva, embora nenhuma base de reclamação. É o chamado fode-te e cala-te. Podia ser pior, só não sabemos como.

Sugerimos ao Nandos a carreira de tiro, se era mais privacidade que procurava. Insistiu na casa de banho. Fetiche ou vergonha que o Geleia lhe mirasse os pelos do rabo através do vidro da sala para as boxes. Numa coisa temos de concordar com ele: faz falta um tampo na sanita. Assim é menos uma posição disponível, e quem está com as mãos contra a parede por cima do autoclismo quando olha para baixo está sempre a focar o ralo. As nossas preces devem ter sido ouvidas a caminho e os dois metros quadrados de azulejos rosa estavam imaculados. Se calhar foi por isso que o Nandos nos quis levar lá, para sabermos que também é homem para arregaçar as calças e dar uma valente esfrega no chão com lixívia. Dentro de um homem sem medos tem de haver uma sopeira pronta a disparar quando a sopeira de verdade não aparece ou não há orçamento que chegue para umas horas por semana. Apesar de não ser o perfume ideal, é o nosso preferido para sessões de molestação em casas de banho públicas. Faz-nos sentir limpas, leves, frescas.

A vontade de estarmos nos salamaleques e nos preliminares era rasteira. Decidimos assumir o comando das operações. Oferecemos-lhe várias hipóteses para começar. Surpresa das surpresas: ficou indeciso entre o cu e a boca. Mais surpresa ainda: decidiu-se pelo cu, voilà. Pusemo-nos a jeito, de caras para um azulejo com uma esquina rachada, e esperámos que o Nandos ainda se lembrasse do que fazer. Fomos optimistas.

    e atão, Nandos?
    calma, menina
    quer ajuda?
    ajuda pra quê?
    tava só a dizer
    não diga, cale-se
    como o Nandos quiser
    tá-ma enervar
    com quê? com o rabo à espera?
    sempre a responder
    não digo mais nada
    atão não diga, queu preciso de silêncio
    mudinha
    e não se cala, puta da menina
    menina, os colhões
    tá bem, mas cale-se
    eu tou é a ficar com frio
    já aquece
    importa-se que vista as cuecas só enquanto o Nandos sarranja?

Ainda tentámos um fim mais pragmático, mas o Nandos não foi capaz de pegar na dica e lá continuou a aleijar-nos, a bater de frente feito morcego sem saber por onde fugir. O rabo de uma vida rapidamente passou a ser o maior teste à sua virilidade, e nós, mesmo de costas, conseguíamos ver-lhe os pingos de suor a lançarem-se da testa para a nossa lombada. Muito suou o pobre. Mas, como é teimoso, não quis mudar de estratégia, muito menos de orifício. Tentou as abordagens mais exóticas, chamou-nos os nomes menos dignos e, quando tentou a via mais violenta, tivemos de lhe fazer ver que borregara há muito e estava só a tentar uma paragem cardíaca. A nossa ideia não era o suicídio assistido. No entanto, foi um bluff bem puxado. Apostámos que o homem nunca iria conseguir fazer nada com tanta excitação e saímos com o cu intacto.

Para que não desconfiasse das nossas intenções sérias e como ainda estávamos dentro do tempo, oferecemo-nos para lhe dar uns beijinhos, recomeçar devagar com carinhos e festinhas. Foi pior ainda. Foi como se lhe estivéssemos a enxovalhar a mãe. Começou a asneirar connosco, com a casa de banho, o tampo, o Geleia, Deus e o Universo. Tememos por esta nossa carinha laroca. Já estávamos a pensar se teríamos pó de arroz suficiente em casa para esconder as negras quando o Geleia abriu a porta feito cusca.

Há maka?, perguntou o Geleia ao compadre Nandos com plena noção de que não estava a ajudar.

Nós aproveitámos a dica, relaxámos as nádegas, puxámos a tanguinha para cima e fugimos do cubículo quando o Geleia voltou a perguntar o que é que se tinha passado. O Nandos parou de destruir o pé na parede e censurou-nos com o seu silêncio. Era óbvio que queria guardar aquele momento de amor entre nós. O Geleia insistiu. Nós também. Insistimos que o primeiro instinto deve ser ouvido e explodimos dali para fora.

VELHO ESTUPOR,

A raiva que regamos todos os dias por ti voltou a florescer, graças às palavras que o Jesus decidiu partilhar connosco. Mais humilhante do que teres feito uma cliente na nossa cama é teres feito várias. Fica explicado porque é que não tinhas nada para nós ao fim do dia, preto falso, frouxo, branquela sanguito.

Como não conseguimos lidar com um insulto deste calibre ao nosso ego, decidimo-nos pela alienação. Fomos para casa da Luísa fumar umas e cheirar outras. Foi a decisão perfeita. A Luísa e a Tina estavam a celebrar o fim. O derradeiro. O grande ponto final nas suas vidas intoxicadas. O dia em que a tablete acabava e era dado o último tiro. Só mesmo porque Alá existe, e as refreou lá de cima com as suas barbas gigantes, é que ainda conseguimos chegar a tempo de nos juntarmos à celebração e evitar que se matassem de excesso de felicidade. Mais umas horas e só íamos a tempo de telefonar à ambulância.

Era sem dúvida tudo o que precisávamos. No meio das duas, mergulhámos a narina na lista telefónica e quando de lá voltámos vínhamos putas de alegria. Haja droga, foda-se. Mesmo antes de nos reclinarmos contra a parede onde antes estava o sofá entretanto trocado por mais meia tablete, a Tina passou-nos o maior charuto a oeste da linha. Um senhor como não se fazem. Já ninguém tem dinheiro para um charuto assim, nem no início do mês. Foi a mãe de todas as intoxicações, uma paulada à homem capaz de mandar um boi ao tapete. Duas inspirações depois, a vida ficou maravilhosa outra vez. Até o feto que alarga a Tina nos pareceu bem-vindo.

Em processo de mutação física e mental, a Tina provou-nos que é uma nova mulher. Não viu a luz, mas sentiu a dor. E decidiu cortar com tudo o que não é intoxicante natural. Vinho pode ser, mas shots nem por isso. Chocolate vale, mas smarties não. A regra é simples: se consegue identificar o que está prestes a ingerir e a partilhar com o girino, pode ser, se tem dúvidas, se lhe parece que tanto pode ser anfetaminas, speeds, analgésicos ou anestesiantes para baleias, passa. Tudo isto porque acha que deve assumir uma atitude mais responsável.

Os lixosos começaram a rondar. Coitadas, nem podem sair de casa descansadas, sob risco de serem apertadas. É que o Jorge, na sua sabedoria de passador da linha, abastecia em fornecedores diferentes. Tinha a mania das casas especializadas. E pagava ou tentava pagar a mercadoria de uma com a venda de outra. Chegou até a oferecer quilos de branquinha não pagos como garantia para levar tabletes. Agora, os senhores fornecedores telefonaram-se, foram tomar chá juntos e decidiram enviar uns cães danados à praceta para levarem de volta o que lhes pertence ou a sua tradução em dinheirinho. Não aceitam renegociações da dívida nem desmultiplicação em orais.

A Luísa, em vez de seguir o primeiro instinto e passar tudo o mais rápido possível, deixou-se tentar, justificando-se com a falta do moço. Ao fim de uma semana, cheirava mais do que dava a cheirar. Só não houve sangue até à última hora porque o Jorge ainda os consegue acalmar lá de dentro. Só o rabo dele é que sabe o quanto é que isso lhe está a custar.

Às vezes uma coisa fode a outra e fica tudo fodido.

VELHINHO ESTUPORZINHO,

A broa trouxe-nos as saudades de volta. Queremos ser a tua dama. A mãe dos teus filhos. Queremos voltar atrás no tempo, de volta à visita da segunda classe ao jardim zoológico, e empurrar-te para o fosso dos leões. Colhão mole. Preferires fazer velhas flácidas à nossa pessoa na nossa cama é leproso.

Já estávamos as três quase a capotar quando decidimos distrair a Luísa e a Tina com vidas novas. Dar-lhes o futuro que elas merecem, com trabalho, estabilidade, integridade, hipóteses de progredir na carreira, eventualmente até serem sócias. Não foi fácil arrancá-las aos lençóis, conseguir que se vestissem, muito menos que parassem com os ataques de gajice. A Luísa insistiu que, se íamos mudar de vida, pelo caminho tínhamos de fazer um esforço, não podíamos ir em calças de fato de treino e camisolas de homens presos, fugidos e corridos à paulada. Conseguimos tirar-lhe o minitop das mamas, mas perdemos a batalha da microssaia e do salto alto. Na embalagem, a Tina aproveitou para fazer uma série de exigências, em que as lentes de contacto à lagarto, as pestanas e as unhas falsas não eram negociáveis.

Ao longe parecíamos umas putas, ao perto mais ainda.

Depois de muita gritaria, intercalada por penalties vários, lá as conseguimos arrastar de gatas para o assalto do milénio, montadas no Fiesta comercial do Jorge, que entretanto passou a ser propriedade de Maria y Sus Muchachas, as cabronas mais cabras da linha.

Na praceta do Bar e Salão de Fogo Nandos, deixámos as moças na carrinha em sessão de karaoke. Graças ao estado deplorável em que estavam, conseguimos que nos oferecessem a última guita que tinham nas carteiras. O montante recolhido não era tudo o que o Nandos queria. Era uma desculpa para arregaçarmos a microssaia e nos fazermos pela última vez à mesa de negociações com o nosso sorriso mais puta.

Devido à intoxicação, não nos apercebemos de que passava das três, mas para surpresa nossa o Nandos ainda lá estava com um ataque de nervos sopeiro, a limpar tudo quanto era ferro em cima do balcão, enquanto o Geleia o enresinava com bocas baixas que questionavam o quanto homem ele era ou deixava de ser. Mais uma vez, ficaram parados no momento em que os tínhamos deixado. A nossa aparição não foi recebida de braços abertos por todos. Foi como se Madalena tivesse descido dos céus em vez de Maria. Uns queriam-nos o corpo, outros o escalpe.

boa-noite, Nandos
boa-noite o caralho
inda tamos aí? olhe co rancor é cena de gaja
você leva uma arrochada
pensava co Nandos era um homem de negócios à séria
negócios só com gente que tem dinheiro
é por isso mesmo que tou aqui
nem vale a pena vir com conversas, ca resposta é não, ou paga ou foda-se
paga, atão
tem o dinheiro todo?
todinho, e a fusquinha?
tá a descansar

podemos acordá-la?
sabe muito bem comé quela se parece, tem os olhos da mãe e os cornos do pai
mesmo assim, queria vê-la
pra ver é preciso dinheiro
já lhe disse co tenho
venha lá, atão
sem fusca no balcão não há nada
eu não tinha tanta certeza disso, quem tem o ferro sou eu
até tem mais do que um, e daí?
quem tem o ferro manda, quem tem muitos manda mais
tá a quebrar a regra da confiança
nunca confiei nela
issé roubo, Nandos
pois é, filha
tá mal, Nandos, depois de tudo o que borregámos juntos.

Directo nos dentes. E a seguir um .38 a meio braço da nossa carinha laroca. Já sabíamos que não devíamos azedar com testosteronas humilhadas, mas ele pôs-se mesmo a jeito. Teve de ser. Um .38 carregado em grande plano não é uma fofura. Por outro lado, deve ser o melhor abre-olhos. Todos os resquícios da intoxicação se evaporaram no segundo em que ele levou a mão ao balcão, agarrou a fusca e fez pausa mesmo em frente ao nosso olho sagrado. Quisemos gritar muito alto, à gaja. Não o fizemos. Tivemos medo que ele nos esfrangalhasse. Percebemos no mesmo instante que um cadáver no chão não lhe iria fazer a noite melhor. Seria um aliviar de bílis passageiro. Quisemos fazer algo esperto, mas até os neurónios nos desertaram, apavorados. O Nandos não parava com os grunhidos. Queria o dinheiro, queria que desandássemos dali para fora, queria molestar-nos, queria que nunca tivéssemos subido a escada, queria que não lhe tivéssemos posto o cu à disposição, queria que não lhe tivéssemos revelado que já não tem vinte anos, queria continuar a achar que a pior coisa que pode acontecer a um homem é a ejaculação precoce.

Testosterona puxa testosterona, e o Geleia puxou do seu ferrinho gordinho na mira do Nandos. Achava mal. No seu ver, não eram modos de tratar uma mboa. O amor é tão lindo. Respirámos por segundos e relaxámos a bexiga, até percebermos que o caldinho só estava a ficar mais azedo. Estávamos entre duas fuscas carregadíssimas nas mãos de dois retardados, decerto com vários corpos deixados para trás na estrada. Cada qual em melhor figura do que o outro. Enquanto um se babava, o outro espumava. Para acalmar os ânimos, o Geleia decidiu fazer a proposta cabríssima do século. O Nandos estacou, estarreceu, trespassou-nos várias vezes com os olhos e só não começou a chorar porque se deve ter lembrado do que lhe diziam em puto – sê macho, homem.

Em troca do relato pormenorizado do episódio da casa de banho, o Geleia oferecia-nos a nossa caçadeira preferida. As putas, quando querem, são mesmo vacas.

O Nandos fugiu com o .38 na direcção do Geleia e voltou ao balcão de negociações para nos apresentar uma Astra .45. Uma cigana de que ele nos falara há uns meses e que pelos vistos causa danos irreparáveis num alvo franzino como o nosso a vinte metros. À queima-roupa nem quisemos imaginar. Tínhamos as moças à espera, e a ideia do nosso couro agarrado às paredes era o suficiente para enfiarmos o rabo debaixo da minissaia e fugirmos dali para fora o mais rápido que os saltos altos nos permitissem.

MINHOCA,

Agora mais calmas. Não menos putas.

Estávamos nós enfiadas na mãe de todos os broches quando tu achaste que era esperto arrombar a porta do Bar e Salão de Fogo Nandos com uma chave de fendas. Pela tua cara de palhacito encaralhado não estavas à espera de encontrar aberto o espaço de entretenimento criminoso e muito menos de nos ver rodeadas de fuscas carregadas. Para ser tudo ainda mais ridículo, trazias agarrado aos passos o nosso querido e adorado estupor.

Como perceberam ao abrir da porta, o momento escolhido para assaltar o Bar e Salão de Fogo Nandos não poderia ter sido mais miserável. O detalhe de virem os dois de borboletas na mão é genial. Fazer um paiol de fuscas armados com chinos é tão retardado que consegue ser admirável ao mesmo tempo.

Não podemos deixar de dizer que ficámos desapontadas com a falta de velocidade que demonstraste a sacar a tua. O Jesus vinha com uma igual, e ainda não tinha despestanejado e já estava a bailar a sua borboleta, à homem, à cavalheiro, a proteger a dama que ele gostava muito que fosse sua. A ver se o medo que o comia passava para a batida das lâminas e assustava o Nandos e o Geleia, enternecidos pela paralisia cerebral temporária que vos atacava.

Mais uma vez, ficámos com a certeza de que colocámos as nossas fichinhas no irmão errado. Enfim, uma mulher não é só feita de inteligência. As putas das hormonas confundem muito.

Contigo atrás de nós, às nossas sete horas e meia, o Jesus às cinco, o Geleia às duas e o Nandos às onze, percebemos pela primeira vez que ser o centro das atenções também pode ser a ruína de uma moça. O detalhe de sermos o ponto em que se cruzava todo o fogo fez com que a bexiga voltasse a dar de si e nós passássemos à fase em que já não queríamos saber se nos mijávamos pernas abaixo ou pernas acima. Só queríamos continuar a fazê-lo sem algália. E quando o Nandos puxou a culatra atrás e começou a insultar a vossa mãe, pensando ele que era uma cabra única, voltámos às lides.

Veio-nos à lembrança a pérola:

"Lembra-te do que aconteceu da última vez que pensaste com o teu coração em vez do teu ferro."

Voámos do centro das atenções até ao outro lado do balcão para passarmos a ter uma visão de plateia da tragédia em cena. E aterrámos no linóleo, surpreendidas por não termos engordado um grama pelo caminho com chumbadas várias. Não foi uma sequência de filme, não foi sorte, não foi o nosso lado de gata rafeira a revelar-se, foi medo, muito medo de começarmos a chorar e de que isso fosse o suficiente para assustar um, que por sua vez iria arreliar outro e que por último acabasse num ataque de nervos doutro e nós saíssemos dali a esvair vida.

E como uma cartada de sorte inspira outra, por baixo do balcão, à nossa frente, a nossa serradinha dava-nos os bons-dias. Afinal, estava ali sossegadinha à espera de que chegasse a sua vez na sessão de limpezas. Deitámos-lhe as mãos ao corpo e erguemo-la ao ombro. Com os dois olhos focados na mira, fomos ao Nandos, que empunhava contra ti e contra o Geleia. Fomos ao Geleia, que sacara mais outra sem ninguém dar por isso e empunhava contra o Nandos e contra o Jesus. Passámos ao Jesus e de seguida a ti, para percebermos que a nossa prioridade era o Nandos.

Cinco em círculo. Cinco fuscas contra dois chinos. Nunca tínhamos presenciado um início de jogo tão desequilibrado, no entanto ninguém se podia queixar de estar a ser desprezado. O Nandos e o Geleia, a jogarem em casa e com a autoridade de quem se fez homem a catar pretos nas savanas do império, estavam em superioridade moral. Não percebiam como é que vocês achavam que iam conseguir dar a volta ao jogo de borboletas na mão. Deve ter sido o factor estes-manos-têm-de-ter-uma-granada-de-mão-escondida-na-manga que lhes conteve a vontade de empurrarem os vossos corpos escada fora à chumbada. Mesmo assim, não estavam com cara de quem ia necessitar de Valiums para dormir. Do vosso lado, notava-se muito a surpresa de terem sido catados à porta do galinheiro, a descoordenação motora e estratégica.

Nós, apesar de ligeiramente retiradas da grande discussão, continuávamos a ir de um a outro, consoante os vossos olhos dançavam de ferro em ferro.

É-nos difícil compreender porque é que não aceitaram a proposta do Nandos. Voltar para de onde vieram com um quilo de insultos não nos pareceu um mau negócio. Era generosa, e ainda vos dava a hipótese de irem dormir a casa em vez de à morgue. Não quiseram. Devem ter pensado que com chinos ou sem eles não sairiam dali sem uma mão preta cada um.

Tu começaste a ameaçar um boi com cérebro de galinha e um tumor acoplado, sem grande capacidade de te defenderes de um contra-ataque. O estado de choque tem de ter sido a tua ninfa. O Nandos, como seria de esperar, não te deu todas as fuscas em caixa nem baixou as calças. Perdeu a paciência que já tinha sido fodida por nós e pelo sócio. Deve ter achado que, entre limpar a carpete e sujá-la com o sangue que lhe corria nas veias, não se importava de arregaçar as calças e começar a dar à escova.

E quando a .45 do Nandos se juntou ao .38 do Geleia na tua direcção, a puta da consciência deu-nos um pontapé no cu.

Nandos, deixe tar, queles vão-se já embora
são seus amigos?
não, mas têm cara de quem se enganou na porta
tamém me parece
ainda aqui tão?
deixa-te de tangas, Maria
tás parvo, Velhinho?
o qué cos seus amigos tão aqui a fazer, Maria?
eles não são meus amigos
eu dizia-lhes pra sirem embora, senão vão co caralho
tás a ouvir o co velho tá a dizer, Velhinho?
a ideia foi minha, Maria, não podes ir fazer o tempo sem um gajo
não posso roubar a tua ideia de roubar?
aqui ninguém rouba nada
Velhinho, olha que te aleijam
ele tem razão
Jesus, se não te calas tamém vais daqui todo furado.

Depois de tudo dito e nada feito, foi o Jesus quem se entusiasmou. Achou que era o melhor atirador de facas do circo e fez o movimento certo com o ferro errado.

O Geleia não se deu ao trabalho de tremer. Espremeu o gatilho com o mesmo esforço com que aperta a pele dos tremoços e por consequência o nosso Jesus levou com um feijãozaço no centro do joelho, como mandam as regras do desprezo. Mesmo de propósito, com aquela expressão dele que as mete onde quer porque quer. Saem-lhe assim, direitinhas. Pelo barulho mais parecia uma fava das gordas. A rótula acusou o toque e ele já não conseguiu fazer nada com ela. Foi ao chão aos gritos, como se estivesse a ser amputado a sangue frio. No joelho é delicado, e o Geleia sabe-o. O estrondo fez saltar o Nandos. No susto, o animal reage como foi treinado e abre fogo na tua direcção, ao mesmo tempo que nós, de fofa à cintura, nos juntámos ao baile. Primeiro para cima, como vem nos livros, depois a varrer da esquerda para a direita. A colecção odiosa de garrafas miniatura foi a primeira vítima. Saltaram em mil pedaços, choraram todos os séculos de pó acumulado. Pelo canto do olho, vimos as máscaras retornadas, mais assustadoras do que os canibais que as usavam, num show de mortais à frente e atrás. Esperemos que não seja sacrilégio. Tudo o que não precisamos é de uma praga de pau preto. A performance das máscaras passou para segundo plano assim que um naco do chão do vizinho de cima aterrou no balcão. Bateu forte como que a esmurrar o alumínio raspado em sinal de protesto. Percebemos a mensagem. Dobrámos os ferros pela lombada, descarregámos, carregámos e olhámos em volta. Tudo ferrado.

Foi bom descobrir que varrer nos está no sangue.

Varrer é uma arte que nem todos dominam, e é muito importante para termos uma vida cheia de novos dias por estas bandas, onde quem não vai chumbado vai caldado. Na nossa nova carreira mais ainda.

Ouvimos o coração do Geleia a arfar e demos na porta do miniforte do Nandos. Bingo na fechadura. Voltámos a carregar, e a segunda deixou a porta aberta, mostrando-nos o arsenal que podíamos levar se o Nandos e o Geleia continuassem pequeninos debaixo da mesa e nos deixassem sair sem termos de os engordar.

O poder da nossa fofinha é fogo. Bastou começar a expressar-se para que o grande comité da testosterona fosse cancelado de imediato. Ficámos na dúvida se o argumento mais forte foi o nosso talento ou a falta dele. Ficou a dúvida. Ficou também a descoberta da surdez. É tão angustiante como pacificadora. A paz de nos sentirmos dentro de uma redoma, envoltas numa barreira de som que nos protegia, foi fundamental para a concentração e para melhor nos iludirmos no nosso ataque de supermulher.

Não queremos embandeirar em arco, mas se disséssemos que só ganhaste um furito ou dois graças a nós não estaríamos longe da verdade. A cara que o Nandos fez quando meteu os olhinhos e a Astra por cima da mesa deixava perceber que não contava que uma trovoada rebentasse dentro do seu Bar e Salão de Fogo.

Os vizinhos que ainda não tinham tido um ataque devem ter percebido que já não era confortável continuar a tentar dormir, e devem ter-se atirado para dentro dos armários, visto que os chumbinhos espirravam de todos os lados. A do lado, coitada, de certeza que viu os pratos da parede a dançar como se fossem ratoeiras num espectáculo do vira. Merecia um prémio, se não ficou ali esticada a enrolar a língua.

Entusiasmadas com o nosso novo papel de deusas da tempestade, a cuspir tufões das mãos, chegámos as labaredas ao Nandos. Só para lhe dar um cheirinho do poder do sexo forte. Ele disparou dois ou três ao pânico e encolheu-se para sempre. Foi a nossa dica. Ficar ali para o sarau poderia ser malvisto pelos senhores da guarda. A Louise Vittone engoliu o material em oferta e fizemo-nos à rua, certas de que se estavas no chão ao lado do Jesus a partilhar a mesma poça de sangue era porque era isso que o Senhor queria para o seu filho e respectivo amiguinho. Até as deusas do relâmpago sabem que não devem contrariar a vontade divina.

Mas como não temos fé na existência do pai do Jesus, voltámos a entrar, protegidas por uma nuvem de chumbo, para que o Geleia e o Nandos continuassem nas suas posições impossíveis debaixo das mesas enquanto te arrastávamos carpete fora. Depois da porta é que já não tivemos mais empatia. Demos-te uma ajudinha para cair escada fora e quando chegámos à porta de saída lá te deixámos encostar a nós com o lado menos sujo, para desandarmos em câmara lenta.

Os olhos de abandonado do Jesus vieram connosco. Ali deitado, sem joelho, prestes a berrar. Como não fomos nós que lhe demos um pontapé no cu para ir visitar o Nandos no seu covil, com más intenções e uma borboleta no bolso, decidimos ignorar por momentos a expressão que nos vai assaltar por muitos segundos a fio.

No fim, deixamos sempre para trás os que menos merecem. Deve ser o nosso apego aos miseráveis. A ideia de ficarmos com quem nos quer melhor acaba por nunca nos parecer merecedora de nós. Temos de agradecer à Augusta ter-nos ensinado desde cedo que devemos amar quem pior nos trata. Ao nosso pai agradeceremos a sabedoria de que uma relação ausente é do melhor que se pode ter.

A falta de amor-próprio também se herda.

Mas como as heranças também podem ser renegadas, que se fodam os dois juntinhos, ou neste caso muito divorciados um do outro. Os traumas são bons para quem não tem mais que fazer.

VELHINHO FURADINHO,

É uma ideia muito nhurra ir sacar fuscas armados com chinos. Vocês estavam à espera de que fossem todos pretos? Até o Geleia, que fala à mano, é mais esperto do que vocês os dois juntos acabadinhos de sair da faculdade. A faculdade é aquele local onde tu nos ias esperar e às vezes resolvias infiltrar-te nas aulas de História Contemporânea porque achavas que te ajudava a perceber melhor o telejornal.

Mas, foda-se, o auto-homicídio é uma escolha como outra qualquer. Como poderia ter sido irem directos ao armazém atrás das caixas do tempo. Chino por chino, se a coisa corresse menos bem por aqueles lados, as probabilidades de haver fogo de verdade seriam quase nulas. Se fossem catados, levava cada um sua arrochada, iam para casa e não se falava mais nisso. Só que convosco tem de ser sempre tudo menos fácil. Devem ter achado que o Nandos e o Geleia iam para a cama depois da novela, e que ao limpar o Bar e Salão de Fogo nos estavam a cortar do negócio. Duas suposições tão idiotas como perigosas tinham de acabar em sangue.

A caminhada até ao carro foi um desafio. Estes meses em casa fizeram de ti um bacorinho. Não recomeces a correr e depois queixa-te de que as clientes se andam a aviar na concorrência.

A Luísa, ainda ressabiada por teres preferido as mãozinhas do Jesus ao volante em vez das dela, não gostou de te saber na bagageira.

suja-me o chão todo
depois lavamos
não vai sair, é alcatifa
no porta-bagagens?
sim
ninguém alcatifa o porta-bagagens
foi ideia minha, pra que saibas
era pra ficar com um ar mais caseiro ou fazia-te impressão andares a esfregar o rabo na chapa?
era prà mercadoria não desandar
o Velhinho agradece, atão
e eu fico caquilo cheio de nódoas que não saem
se não sair deitamos fora, anda, segue, tamos atrasadas
com ele ali?
queres deitá-lo fora tamém?
e sele morre?
são só uns furitos, já quase não sai sangue nem nada
pode morrer na mesma
devorado por um ácaro?
aquilo tá mais limpo ca tua sala
a minha sala é a tua
e sa polícia nos para?
dizemos que vamos levá-lo ao hospital
eu preferia ir já lá ou atão deixá-lo aí
não é esse o plano
o plano tamém não é andar práqui com gajos a morrer na bagageira
ele não morre, foda-se
comé que sabes?
era sorte a mais.

CÃO DE PATA CHUMBADA,

Não sabemos se desmaiaste se adormeceste. Chegadas às traseiras da empresa, tivemos de te esbofetear para te conseguir ver o amarelo embaçado dos olhos. O sangue continuava a abandonar-te, devagar, como um amigo desiludido.

Deixámos a barriga da Tina ao volante e a ti a gemer baixinho. O engarrafamento no IC até à empresa deu-nos tempo para a dúvida corroer o plano de assalto estratégico aprovado, que não incluía o sol já a fazer-se ao topo do céu. Decidimo-nos por uma linha de acção improvisada, mais criativa, mais destemida e muito mais cabra. A nossa cara.

Eram sete e quinze quando decidimos tocar ao portão, em vez de nos fazermos ao muro como estava planeado. Se tudo corresse bem, tínhamos uma hora até chegarem os novos donos da Tempus Unidos.

Enchemos a barriga da Luísa com os sacos de transporte, e quando o pobre da noite veio saber ao que vínhamos dissemos-lhe que a nossa amiga estava muito grávida e para lá de aflita para ir à casa de banho. O coitado de serviço, com medo de que a placenta lhe explodisse na cara, desviou-se o mais que conseguiu para nos dar caminho. Só voltou a expirar quando ouviu o trinco da porta a fechar por dentro. Deve ter achado que se a criancinha fugisse ao menos poderia contê-la na casa de banho, até chegarem reforços. A Luísa revelou-se uma grávida exemplar Sabe andar, ter dores de rins, suar, bufar. Tomara muitas grávidas conseguirem ser grávidas tão bem como ela.

Enquanto a Luísa se demorava no melhor papel da sua carreira, começámos a masturbar o ego ao pobre. Devíamos ter cobrado o serviço, mas como estávamos em noite de borlas e planos espontâneos decidimos convidá-lo para a casa de banho do lado. O pobrezinho renegou de imediato a sua função de guarda e aceitou. O fetiche que o sexo fraquinho tem por casas de banho é algo que sempre nos escapará. Ainda não tínhamos fechado a porta e ele já estava em bicos de pés e de língua de fora a querer violar-nos a orelha numa sofreguidão que metia nojo.

Ganho por cem, achámos que podíamos ganhar por mil. Pedimos-lhe que se despisse, que nos desse o cinto e pusesse as mãos atrás das costas. Se lhe tivéssemos pedido o rim, também vinha. Num arfar contínuo, deixou-se vendar e atar ao tubo do autoclismo. A ideia de um orgasmo tem de ser das mais atrofiantes para um macho.

Estávamos quase a pedir-lhe que enfiasse o nariz no olho do cu quando a Luísa nos bateu à porta. Dissemos ao pobre que íamos buscar a amiga e que esperasse pelas duas. O coitado abriu um sorriso hiena e não mais conseguiu parar de repetir – venham todas, todas. Trancámo-lo na ilusão de que conseguia cobrir todas as fêmeas da Terra e fizemo-nos ao refeitório vazio.

Por momentos, sentimos que a Luísa não se queria desembaraçar da falsa gravidez. Foi tirando os sacos da barriga a contragosto, à medida que nós desenchíamos as caixas de mercearia seca de todos os cartões de tempo. Começámos pelos de cinquenta euros, pagámo-nos tudo o que estava em falta e mais uns milhares para cobrir os juros. Ao fim de oito meses, onze dias e sete horas, conseguimos receber os salários em atraso. Os nossos e de todos os outros pobres. É tão difícil ser pago neste país que não nos admirava que este novo método começasse a ser legal.

À medida que fomos arrumando os montinhos de tempo nos sacos, fizemos uma lista de como investir aquele pagamento por atacado. Uma visita à vidente alcançou de imediato o topo da lista. Agora que somos empresárias por conta própria, precisamos de consultoras especializadas. De seguida, alugar casa nova também entrou como prioridade. O resto decidimos que iria ser utilizado para nos alimentar a vaidade e numas boas sessões de intoxicação. Gostámos também da ideia de ir viajar, mas não sabemos onde. Talvez a vidente nos possa aconselhar. Queríamos poder partilhar esta nova fase contigo. Oferecer-te um fato branco e um chapéu. Comprar-te em exclusivo para os próximos milénios. Mas tu tinhas de te vender na nossa cama à primeira que te apareceu no telemóvel. Até no amor és preto.

VELHO ABANDONADO,

Entre o encher dos sacos e as corridas ao carro para deixar a mercadoria, ignorámos os gritos do pobrezito na casa de banho. Achámos que só lhe podia fazer bem aos pulmões. Achámos mal. O desespero foi ouvido no andar de cima, onde, o pobre esqueceu-se de nos informar, estava reunida a direcção em mais uma sessão matinal sobre como sair do balde de merda em que se enfiaram por iniciativa própria. Ao fim de uma dúzia de grunhidos, o grande líder, a senhora dona da contabilidade e o chefe do armazém desceram ao nível da terra para nos encontrarem carregadas com os salários em atraso. Não gostaram do que viram, e depois do tesão dos primeiros berros e das ameaças mentirosas, tivemos de lhes pedir que se calassem e nos deixassem trabalhar. Os argumentos utilizados não poderiam ter sido mais eficazes, com especial destaque para a nossa querida Baikal. Apesar de a Browning velhinha da Luísa também não nos ter deixado ficar mal. Mesmo não sabendo que daquele ferro saíam chumbinhos de 9mm, os três perceberam que a bisnaga aleijava.

Antes ainda tivemos de ouvir o quanto estavam desapontados connosco, como sempre nos tinham ajudado, confiado, só não disseram mamado porque nunca deixámos. Não percebemos que parte de nos sentirmos roubadas é que eles ainda não tinham processado.

Roubadas e humilhadas por termos sido despedidas da mesma empresa duas vezes seguidas.

Pedimos à Luísa que levasse os últimos milhares para o carro e achámos que se fechássemos todos na mesma casa de banho com o pobre de serviço podia ser que ainda se divertissem. A dona da contabilidade não tem a iniciativa da filha que se rebola seminua na internet, mas com um pouco de imaginação tinham condições para se divertirem. Um deles até já estava atado e tudo.

O chefe do armazém não gostou da ideia e, num gesto lindo de estupidez humana, patrocinado pelo sentimento de culpa, virou-se sem autorização, cresceu na nossa direcção e saltou-nos em cima. A Baikal sentiu o urso em câmara lentíssima na sua direcção e em vez de lhe pedir que ficasse quieto decidiu abrir as duas goelas ao mesmo tempo e oferecer-lhe todo o chumbo que trazia no bucho. O urso em câmara lenta fez pausa no seu salto e caiu em linha recta no chão. Não o ouvimos mais graças à performance histérica que a dona chefe da contabilidade iniciou enquanto os placards do tecto falso lhe caíam em cima da cabeça. Da próxima vez que aprovar um orçamento de tecto que na verdade não o é para poupar uma ninharia, é provável que sugira uma opção mais dispendiosa mas também menos abalável. O grande líder, agachado atrás da dona, percebeu o nosso recado e retirou-se para a casa de banho de livre vontade. Tivemos de o ir buscar de volta e explicar-lhe que se tinha esquecido do amigo no meio do chão, morto de susto mas de resto sem um arranhão que pudesse mostrar em tribunal. E da dona da contabilidade, branca da cabeleira aos pés já perdidos de sapatos, graças à nuvem de pó que nasce do encontro entre um tecto falso e duas chumbadas. Pobrezinha. O cabelo branco desgrenhado não a favorece.

Com os três mais o guarda incompetente bem trancados, a Luísa numa ponte monetária imparável e a Tina a queimar embraiagem, percebemos como aquele momento era lindo e perfeito. Como todos os autocarros da nossa vida nos tinham levado ali e como finalmente sabíamos o que queríamos ser quando fôssemos grandes. Sentámo-nos em frente à porta, acendemos um dos tarolos enrolados para a celebração e agradecemos à nossa Baikal fofinha querer passar o resto dos seus dias connosco. Gostávamos que também tivesses estado ali. De preferência, ao teu colo. Orgasmar enquanto se molesta a lei é a nossa nova fantasia. E estávamos nós a apalpar a virilha esquerda, a tentar decidir se o fazíamos sozinhas ou se esperávamos pela próxima oportunidade, quando a sirene da autoridade decidiu afugentar a mão. O amadorismo é fatal. Esquecemo-nos de confiscar os telemóveis aos reféns da luta contra a falta de pagamentos, e os pobres, em vez de nos agradecerem não terem sido furados, chibam-se.

Tropeçámos em todas as mesas e cadeiras cantina fora atrás da Luísa. As duas com as fuscas ao alto, carregadas, prontas a explicar aos senhores da guarda que tínhamos sítios para ir e que não eram eles nem ninguém que nos iam fazer mudar de vida. A Tina fez o favor de entrar em pânico. Largou a embraiagem e só deixou o acelerador respirar outra vez quando esborrachou a dianteira na curva para sair do IC. Não é uma curva para todos. Algures a caminho sabe-se lá de onde, tu deves ter voado agarrado aos montes de cartões. A Tina diz que a culpa não foi dela. Uma de nós é que deixou a bagageira aberta. O que vale é que a culpa nunca é dela. Nem mesmo quando achou que era melhor fugir e deixar-nos para trás, fê-lo pelo feto. Não queria que ele nascesse dentro.

Para surpresa dos moços da guarda, nós e a Luísa não fugimos pelas traseiras. Corremos direitinhas às suas viaturas, e quando eles se preparavam para sair pedimos-lhes que ficassem quietos lá dentro até nós estarmos muito longe dali. Eles concordaram com o pedido da nossa fofa. A esta hora ainda devem estar a cuspir vidrinhos do para-brisas. Seguimos rua fora e pedimos o Punto emprestado a um mirone, que nem quis ouvir a nossa Serradinha cantar. Deve ter sido a última vez que ficou a ver.

VELHINHO PERDIDO,

Andamos a monte. Mais propriamente, no monte do homem da Augusta, que ainda não foi refeito. O convite dela para passarmos uns dias na terra tinha um cenário mais familiar, mas com o Nandos, a autoridade, os nossos ex-colegas e todos os passadores da linha a quererem fazer uma festa com os nossos rabos temos de nos recatar por uns anos.

A casa no monte podia ser pior, se não tivesse telhado. De resto, é o esconderijo perfeito para a Maria dos Canos Serrados y Sus Muchachas, agora feitas famosas pelo Correio da Manhã. Se em termos financeiros a nossa nova carreira não poderia ter começado pior, na vertente de marketing foi a melhor acção promocional de sempre. Temos recebido milhares de convites para gardanhos de norte a sul, e alguns até de maus muito maus.

Vamos deixar-nos ficar até sairmos da última página e a Tina parir em paz. Os moços que por aqui andam têm mais de mil anos ou então são holandeses fugidos do seu mundo perfeito. Ninguém vê o telejornal e, em vez de nos denunciarem, batem à porta a oferecer ovos e os corpinhos à molestação. Não precisamos de mais. Intoxicamo-nos com o vinho que enche as adegas e vamos treinando a nossa Baikal nas oliveiras.

Acabámos de saber que os senhores da guarda deram com a porta da Augusta. Não se percebe porque é que decidiram tentar fazer o seu trabalho desta vez. Devemos ter saído na rifa do mês. A visita foi o suficiente para enviar a senhora em pino a Fátima. Mesmo não sendo a santa oficial da fé da semana, sempre é a mãe de todos os milagres. Agora deu-lhe para nos telefonar para se certificar de que ainda não fomos catadas, e com as últimas coscuvilhices. Parece uma jornalista d'O Crime. Diz-nos que não sabe de ti, mas que ouviu dizer que o Jesus não se esvaiu por completo no Nandos e que está a recuperar o sangue perdido no hospital. A perna é que não teve como ser colada de volta. Pedimos-lhe que mandasse saber da tua pessoa.

A Tina diz que depois de ter negado a existência da curva capotou e só voltou a si quando ouviu as sirenes da polícia. Fugiu ribanceira acima e não mais olhou para trás. Não sabe dizer se tu ficaste pelo caminho ou se ainda estavas no porta-bagagens. Esperemos que tenhas caído pelo caminho. Entre meia dúzia de mazelas feitas pelo asfalto ou pela autoridade, ao menos as da estrada não são por mal nem acabam contigo numa gaiola.

Nunca pensámos que nos pudesses espetar duas facas de cozinha nas costas na mesma vida. Apesar de agora estarmos dedicadas a cem por cento ao gardanho, percebemos melhor a lógica de respeitar as ideias de ladroagem alheias. A Buffy chora com saudades tuas todas as noites, e nós fingimos que não a ouvimos.

VELHINHO DAS MIL e uma surpresas,

Chegou-nos palavra, via filho do Senhor, que vais ser julgado pelo assalto. Diz que foste catado debilitado antes da curva e que decidiste fazer um pacto de silêncio, o que faz de ti o grande responsável pela coboiada do tempo a ser apresentado ao senhor juiz. Fica-te bem. É à gajo preferir ser cadastrado a bufo. E ainda é mais à gajo proteger a sua dama. O teu trauma de irmão mais velho sempre responsável é dos melhores que podias ter arranjado.

O teu mano pede-nos para que nos cheguemos à frente e expliquemos ao senhor juiz que a culpa não é sempre dos pretos. É justo. É quase sempre. Pelo Jesus, agora perneta e sem saber se a SS lhe vai patrocinar a prótese, prometemos que vamos pensar no teu caso. Coitadinho, não o espera uma vidinha fácil. Um coto no lugar da perna não deve ser a fantasia mais requisitada no vosso negócio.

VELHINHO ENJAULADINHO,

Foste dentro em preventiva. E como este penico é um balde de merda muito pequenino, instalaram-te no mesmo zoo do nosso ex-presidiário, agora reincidente. Pedimos-lhe que olhe pelas tuas costas e que não deixe que te peguem um vírus ruim. Já lá vão três semanas, só faltam mais umas poucas para saberes o que é que te vai acontecer aos dias. Continuamos a debater a nossa viagem em tua salvação. Começamos a achar que não estás prestes a ser condenado por um crime que não cometeste, mas por todos os crimes de negligência que praticaste contra nós.

Tudo isto pode ser apenas a melhor desculpa que conseguimos arranjar até agora para continuarmos na nossa vidinha do campo. De volta ao lugar de onde um dia os nossos pais partiram em busca de uma reforma, percebemos como há uma parte de nós que também é daqui. A parte que tem sido rainha das noites perdidas em boîtes pilhadas de cachopas da vida e moços sem pescoço. Onde o álcool escorre grátis e a droga vem tão marada que até sabe melhor.

Num momento idílico, a Luísa chegou-se à frente e propôs-se à Tina. O Jorge continua muito preso, ela está ainda mais desesperada para ter um filho, e o feto decerto não se importa de ter duas mães. A Tina adorou a ideia de poder contar com alguém que não lhe deixe cair a criancinha ao chão e lhe dê leite nas noites em que estiver a lançar ferro e fogo por estes planaltos fora connosco. A criancinha também se deve ter entusiasmado. Foi parida ontem. E é gaja, caralho.

Dos negócios também não nos podemos queixar. Depois do fiasco do roubo do tempo, decidimos só fazer mercadoria tridimensional e que nos possa ser útil. O último eleito foi o armazém das Pandoras falsas do doutor da Segurança Social. Com a mesma estratégia vencedora, deixámos a Tina ao volante, mas desta vez sem a chave, para evitar fugas espontâneas. Depois de grávida, ficou com o pé ainda mais gordo. Nós e a Luísa fizemo-nos à caverna da Pandora de sacolas ao ombro com as respectivas fofas lá dentro. O doutor ainda se lembrava de nós e recebeu-nos com os melhores salamaleques a norte de África. Fez-nos vir à lembrança a nossa doutora. Ainda gostávamos de saber em que drunfo é que ela desapareceu para sempre.

Na ganância de nos esvaziar as carteiras, o doutor começou a abarrotar-nos de anéis, pulseiras e berloques falsos de verdade. A Luísa estava delirante. Ao contrário de nós, acha a Pandora a melhor coisa que se pode ter na vida depois de uma filha, mesmo antes de um homem. Nós aceitámos tudo e pedimos mais ainda. Explicámos-lhe o nosso plano de negócio perfeito, que não inclui retenções para a SS ou para qualquer outro organismo de roubo governamental e muito menos pagamento a fornecedores. Ele demorou a perceber. Riu-se. Foi buscar mais um caixote de murano Candy Azul e continuou a vender-nos a última colecção falsificada especialmente para o Dia da Mãe. Pusemos umas contas de prata de lado para a Augusta e demos-lhe a conhecer o nosso par de ferros assinatura. E só aí é que ele percebeu o recado. Reduziu-se à sua impotência e deixou que enfardássemos as sacolas até não as podermos fechar. Sempre atenta, a Luísa sugeriu carregarmos o resto no corpo. Saímos do armazém a brilhar como duas ciganas. Mas o que nos deu mais cenário foi a banda sonora. A cada passo, um tilintar que vai ficar para sempre gravado no disco mental do doutor. Como opera debaixo do radar, é como se o roubo nunca tivesse acontecido. Ninguém pode ir à guarda dar queixa de um roubo a uma empresa que não existe. Vemos um futuro promissor à nossa frente, se nos especializarmos em fazer apenas empresas aldrabonas.

Entretanto, as páginas do Correio da Manhã esqueceram-se de nós, podemos mover-nos sem grandes ansiedades à luz do dia. As cachopas das aldeias perdidas entre montes adoram-nos desde que iniciámos as promoções a la hipermercado. O poder de quem anda a liquidar fornecedores é lindo e as nossas amigas agradecem-nos com tudo o que têm, desde galinhas às terras dos avós. Dá gosto vê-las cavar tão bem decoradas. Fazem os campos reluzir.

VELHINHO DA NOSSA VIDA,
 Pensámos muito no teu caso, que vai hoje a tribunal, e chegámos à conclusão de que o nosso amor por ti é lindo mas não é à prova de bala. Queremos que te fodas, do fundo do coração.

Maria dos Canos Serrados